某種認可

五部劇作（2017-2020）

紀
蔚
然

目次

自序

之前之後

本書收集我於 2017-2020 年間發表的五部劇作。除了《雨中戲台》，其他四部皆於 2020 年前完成公演。因受冠狀病毒疫情影響，《雨中戲台》延至 2021 年初始得順利推出。

近年有點多產，一方面是因為退休後時間充裕、時有邀約，另一方面是先後受雷蒙・威廉斯和洪席耶啟示，醉心於耕耘新題材以及有別以往的風格。於某次訪談中，我試著評論自己的改變：以《拉提琴》（2012）為分水嶺，區分「之前」與「之後」兩種基調。「之前」的基調戲謔、嘲諷、冷情，在在流露一股幻滅感；「之後」則風格有變，從戲謔轉為遊戲、嘲諷轉為反諷、冷情轉為溫暖，大體而言少了幻滅，多一些認可——對於人性與存在的認可。

「之前」階段在《拉提琴》達至頂峰而劃下休止符，劇中的狂亂照映我內心的狂亂。2013 至 2015 三年期間毫無創作。「之後」的轉變於《莎士比亞打麻將》（2016）和《一個兄弟》（2016）已露端倪，於《安娜與齊的故事》（2017）和《整人王：新編邱罔舍》（2017）明顯許多。如此發展是好是壞，外界自有評論；就我個人而言，有佳作，亦有敗筆。

另外，面對演出的態度亦有前後之分。以前我會「盯場」，不時出沒於排練間，對於導演手法與表演方式意見頗多，往往排

演後於酒精催促下跟導演爭得面紅耳赤。有位演員曾開玩笑，「紀杯，為什麼你不能和莎士比亞一樣？」他的意思是：為什麼我不是「作家已死」、劇本任人宰割？那時有個傳言，「紀蔚然的劇本一字都不能改」。其實是誤會。我的作法一向是：寫完初稿交給導演、導演提供意見、我根據其意見修改、完成第二稿後交給導演、導演再給意見⋯⋯如此來來去去。既然過程冗長，有些劇本改到六七稿，我認為進了排練場不能只因「演員不喜歡」、「演員做不到」（通常是這兩因素）而輕易修改。

我和導演的工作方式一直沒變。不同的是，忘了自哪一齣開始，我不再走進排練場，且講明「怎麼改都無所謂」；我不再看整排、彩排，只跟導演說「咱們首演見。」放牛吃草的結果即首演當天，不是驚喜，就是昏倒。顯然之前的方式才是對的，雖被人嫌煩，卻可為品質捍衛，雖有摩擦，但是為了藝術摩擦。這需要體力，可惜我已年老，回不去了。唯一能做的就是減產，而這理應是「劇本爆炸期」後的自然發展。

五部劇作裡，《安娜與齊的故事》、《整人王：新編邱罔舍》、《衣帽間》等三齣「劇本版」與「演出版」出入不大，《再見歌廳秀》和《雨中戲台》（與劉秀庭合著）則出入甚大。集子裡《再見歌廳秀》以「劇本版」呈現，《雨中戲台》以「演出版」呈現。

其他的，就不用多說了。

安娜與齊的故事

The Story of Anna and Chi

｜人物｜

安娜

老齊

大連

慧芬

吉米

小玟

｜舞台｜

舞台：旋轉舞台上分為兩個區塊，由兩個弧線形的屏幕隔開，屏幕之間有個通道，為門；一邊是臥室，一邊是客廳。

燈亮。

客廳。

安娜坐在床邊，老齊從門外走入。兩人盛裝，老齊正在打領帶。安娜心理狀況不好，但堅強的她一直保持冷靜，只於某些細節流露內心的緊張。

老齊：他們快來了。

安娜沒有動靜。

妳好了嗎？

安娜：我不好。

老齊：什麼意思？

安娜：我不能動。

老齊：怎麼啦？哪裡痛嗎？

安娜：沒有。

老齊：還是腳麻了？

安娜：沒有。

老齊：應該不嚴重吧？

安娜：我不知道。

老齊：要不要去看醫生？

安娜：不行，我走不出那個門。

老齊：什麼意思？

安娜：我不能動，不是，我還可以動，可是我走不出那個門。

老齊：怎麼會這樣？

安娜：我不知道。我剛才穿好衣服要走出去，才要跨出門檻時，突然

心跳加速，冷汗直流，趕緊把腳收回來，跌到地上。我以為我會當場心臟病發，突然死去。等我稍微好一點時，才用爬的爬回到床上。現在我根本不敢靠近門邊，覺得只要走出那扇門我就會失控，或者外面的世界就會把我整個人吃掉。

老齊：這應該是焦慮引起的恐慌症。

安娜：好像是。

老齊：妳在焦慮什麼？

安娜：我沒焦慮什麼。我現在擔心的是，這是一時的症狀、待會就好了，還是我會一直困在這裡，永遠走不出這個門。

老齊：要不要我去掛急診，把醫生找來？

安娜：台灣有這種服務嗎？

老齊：好像沒有。怎麼會突然發生這種事呢？妳以前從來沒有這方面的問題。

安娜：不能算是突然。這陣子我老是覺得怪怪的，做事沒辦法專心，腦海裡總會閃出奇怪的畫面，或者耳朵傳來奇怪的聲音。

老齊：我常常這樣啊，跟別人講話的時候——

安娜：你那個是正常的聯想，我的不是。我的畫面和聲音都和當下的心情沒有關係……或許有關係但我沒看出來。前幾天我去逛街，走進一家商店，看到看板寫著「跳樓大拍賣」，我在腦海裡馬上看到老闆從上面跳下來壓死一個民意代表。

老齊：至少沒有白白犧牲。

安娜：喂，我不是在講笑話。

老齊：好啦，這是不景氣症候群，沒什麼的。

安娜：我起初也覺得沒什麼，還覺得蠻有趣的。但是干擾的畫面和聲音太多了，我沒辦法平靜。昨天我和客戶討論一本書，我們聊到慘澹的書市，這年頭只有養生和勵志的書賣錢，聊著聊著

我突然以為他在跟我聊空氣汙染，我就說，可是，不管空氣再怎麼不好，我拒絕戴口罩出門……我的客戶以一種「她扯到哪去了」的眼光看著我……我的情況很難形容，有點像是靜電干擾，好像有人駭進我的腦袋，隨便干擾一下，腦海裡的畫面就跳接一下，沒多久又跳回來。

電鈴聲響。舞台開始旋轉。

老齊：他們來了。這下怎麼辦？

安娜：照樣請客啊。我們買了活的龍蝦，今天不吃就可惜了。

老齊：這時候妳還關心龍蝦。

安娜：可見我的狀況也許沒那麼嚴重。糟糕，我們忘了買番茄醬。小玟不管吃什麼東西都要沾番茄醬。

老齊：別管什麼番茄醬。妳這個狀況我沒心情請客。反正今天也不是什麼重大聚會，不過是幾個老朋友找藉口喝酒——

安娜：可是你叫大家盛裝出席。

老齊：盛裝只是擺譜，為單調的日子加點調劑。我去開門請他們走。

安娜：你要怎麼解釋？說我走不出臥室？這算什麼藉口？

老齊：哪是藉口？這是實話。

安娜：他們懂嗎？即使他們理解，我也不要讓別人在我自己狀況不明的狀況下知道我的狀況。

老齊：管他的。

安娜：不行，客還是照請，就說我身體不舒服，待會就好了。平常和朋友聚餐，我都會提醒你別喝太多，今天你就盡量喝，發揮你三杯之後罩住全場的功力，絕對不能穿幫。而且無論如何，你不准拿「她那個來了」做藉口，我對那個藉口深惡痛絕。

老齊：妳確定？

安娜：我確定。

老齊：妳會沒事？

安娜：我現在就沒事。

老齊：好，就這麼辦。這期間，妳要深呼吸，做運動或什麼的。我看很多電影裡面緊張的時候都拿一個紙袋來呼吸。

安娜：好像要牛皮紙袋。

老齊：是喔？別的不行嗎？

安娜：每次都是牛皮紙袋。討厭，我特別為今天買了這件。

老齊：很美啊。要不要脫下來我拿去給他們讚賞？

安娜：你還在開我玩笑。

老齊：因為我相信妳沒事的。說不定待會就沒事了，我等著妳隨時從這扇門美豔動人地走出來加入我們。為了那件衣服，加油。

　　老齊從通道下，安娜開始在臥室走動。老齊把門靠上，故意不關死，因此她聽得到客廳裡的寒暄聲。安娜走到通道處，關門。

　　舞台換到另一半時，幾人已用餐多時。

　　客廳。長方形的餐桌。老齊坐桌首，面對觀眾，其他四人則坐兩旁。舞台轉定時，其他四人看著老齊，一副等著老齊給答案的模樣，而老齊則左看右看，支吾著說不出話，直到……

老齊：她那個來了。

　　老齊說完，如釋重負。其他四人同時反應。以下的對話很多時候是重疊的，不需要等一個人講完另一人才開口。

大連：喔……

慧芬：那就好……

吉米：嚇我一跳，我還以為很嚴重……

小玟：是啊，看你吞吞吐吐的樣子，那個來了有什麼不能說的……

老齊：沒事，沒事，大家喝酒。

　　五人舉杯，碰杯。

小玟：乾杯。祝安娜那個早點走。

大連：啊？

吉米：好了，吃飯的時候別談那個。

慧芬：咱們換個話題吧。

吉米：老齊，該揭開謎底了吧。

老齊：什麼謎底？

吉米：為什麼規定我們今天一定要盛裝出席？

大連：對，是不是有重大的事情要宣布？

老齊：哈，其實沒有。不過，也其實有。

慧芬：老齊還沒喝多少就已經結巴了。

小玟：就是沒喝夠才會結巴。

老齊：聽我說，你們都知道我失業多年──

大連：不要說失業，是優離多年──

吉米：賦閒多年──

慧芬：沉潛多年──

小玟：少廢話，還不是沒工作。對不對，老齊？

老齊：對。沒工作就是沒工作。但是今天我要跟大家宣布：我決定退
　　　　出江湖。（以手勢擋掉反應）聽我說，我決定不再丟履歷找工

作，既然職場不要我，我決定跟它一刀兩斷。

慧芬：安娜怎麼說？

老齊：我還沒告訴她。本來打算吃飯的時候宣布，沒想到她身體不舒服。

大連：經濟上怎麼辦？

老齊：應該沒問題。你們都曉得，這幾年全靠安娜，我可以說是名符其實吃軟飯的傢伙。

吉米：別這麼說。

老齊：該怎麼說就怎麼說。語言傷不了人的，如果你的自我夠強。安娜從來沒怪我丟掉工作，不像我老媽，以前我爸生意失敗的時候，她總是用言語刺激他，暗示他不是個男人。安娜不會這樣。

慧芬：當然，安娜不是那種人。

大連：要是我哪天失業了，妳會那樣嗎？

小玫：這樣的調整當然不錯，但是人總要有事做吧？

老齊：買菜、做飯、洗衣、打掃家裡，晚上要是安娜有需求的話，我就做她的愛奴。以上就是我的工作。

吉米：你是新好男人。

老齊：別這麼說，我痛恨這種說法。

小玫：語言傷害不了人的。

吉米：如果你的自我夠強。

大連：這有意思，你寧可吃軟飯，不要新好男人。

幾個默契十足的朋友笑鬧成一團。

老齊：其實我有事做。在安娜的鼓勵之下，我最近開始做翻譯。

慧芬：那很不錯啊。

老齊：我不定期地做，想做才做，而且我只翻我有興趣的書，例如推理小說。我最近在翻一本驚悚推理小說，裡面的丈夫有一天晚上突然發瘋，把在睡夢中的老婆掐死，再把她的頭顱割掉放進冰箱保鮮。

慧芬：好噁心喔。

大連：果然驚悚。

老齊：害得我那幾天看到安娜的頭顱都有異樣的感覺。

小玟：神經啊你。

吉米：別聽他胡說。所以，你現在是安娜旗下的作家之一囉？

老齊：哪算？我頂多是譯者。不過，安娜最近都稱她的作家為「客戶」。

慧芬：為什麼？

老齊：可惜安娜出不來，可惜她身體不舒服，否則她可以現身說法，說說她的理由。

慧芬：安娜沒事吧？

大連：要不要去看看她？

慧芬：三八，人家那個來了你去看她什麼？

大連：妳才三八，我是說老齊要不要三不五時探視一下。

老齊：大連真貼心，我待會就去。

大連：喂，以上的對話好像是我和安娜有染的伏筆，這種老哽可以退休了吧？

小玟：別吵，我想知道安娜的理由。

老齊：啊？妳是說她生病的理由？

小玟：她把作家叫做客戶的理由。

老齊：喔，簡單地說，安娜覺得現在的作家越來越沒出息，成天想的就是為什麼他寫的書沒有大賣。尤其這幾年書市寒冬，一本文

學書賣不到幾百本，作家就越來越慌，只會怪罪九把刀，卻不懂得反省自己出了什麼問題。所以他們在她眼裡，只是客戶。

小玫：斯文掃地，我懂。任何一個搞藝術行政的人都深刻體會，藝術家在媒體面前人模人樣，在鎂光燈背後卻是一副鳥樣。所謂藝術行政就是為人作嫁，為藝術家服務，我從來不會有心理不平衡的問題。但是，藝術家心理最不平衡。票房好的時候都是自己的才氣，票房不好的時候就開始沉不住氣，只會嫉妒吳念真，卻不知道自己算哪根蔥。

吉米：我們設計圈也差不多。

大連：我們房仲業也一樣。

幾人不解地轉頭看他。

看什麼看？難道房仲業沒人性嗎？

小玫：你說的沒錯，房仲業很有人性，跟藝文界差不多。景氣好的時候，都是自己能幹，景氣不好的時候都是政府的錯。

慧芬：大連最近要競選他們公司淡水和北投的區代表。

老齊：真的嗎？恭喜。

其他：恭喜。

大家舉杯。舞台開始旋轉，老齊下。期間，大連和吉米交談，慧芬和小玫交談。兩邊的對話重疊。

吉米：你們是誰的業績好就誰做店長不是嗎？什麼區代表還要選舉？

小玫：恭喜妳，區代表夫人。

大連：這你有所不知。店長是需要行政能力和人際手腕的，不是只會

賣房子。

慧芬：少在那邊話裡帶刺。

大連：而區代表比店長還大，一人管好幾個分店，還要負責和其他的房仲公司協調。

小玟：屁啦，我哪有。

吉米：你是說狼狽為奸？

慧芬：（低聲）安娜真的是那個來了嗎？

大連：怎麼說都行。我對這個行業沒有幻覺，哪像你們搞藝術的憧憬一大堆到頭來都幻滅得太徹底。欸，你知道老齊把手機收在哪裡嗎？

小玟：（低聲）應該是吧？這有什麼好騙的。

吉米：我們的手機被他沒收時好像放進一個塑膠袋，可是我不知道……

慧芬：（低聲）說不定他們夫妻吵架。

大連：我有手機分離焦慮症。

小玟：（低聲）他們很少吵架。

吉米：我也是，少了手機就好像沒穿內褲。

慧芬：（低聲）我們是不是應該早點離開？

小玟：（低聲）咱們見機行事，至少吃完龍蝦再走。

　　舞台轉到另一頭時，只見老齊一人在廚房，拿著一瓶藥罐，倒出幾粒，一股腦往嘴裡送。用水沖下肚後，微微喘著氣。

　　舞台轉到臥室。這時，安娜已經換了運動服，正在瑜伽軟墊上悠閒自在地做柔軟體操。老齊站在一旁，手裡拿著兩杯紅酒，不解地看著她。

老齊：妳看起來不像是生病的人。

安娜：誰說我生病了？

　　安娜起身，接過紅酒。

　　龍蝦呢？

老齊：還沒做，我希望等妳出現才做。我們第一次買龍蝦。

安娜：就做了吧，然後帶一點給我。

老齊：妳好像不急著出去。妳真的無法走出門嗎？妳有沒有再試試？

安娜：你以為我騙你啊？這種事我騙你幹麼？我只要接近那扇門恐懼
　　　感就來，好像站在懸崖邊。

老齊：他們都很好。

安娜：誰？

老齊：客人。我看妳窩在這裡也太自在了吧。

安娜：我們電視是不是壞了？我怎麼按就是沒畫面。

　　安娜從床上拿起一支遙控器，交給老齊。

老齊：不是這一支。這是 MOD。

　　安娜再拿起一支。

　　也不是。這是有線電視。

　　安娜這回拿起其他三支。

OK，這一支是光碟的，這一支才是電視。這一支不是遙控器，是紙鎮。我的紙鎮怎麼跑到臥室裡來了？

安娜：就一架電視，幹麼需要那麼多遙控器？這樣我怎麼分得清楚？

老齊：我教妳很多次了，不管妳要看什麼，妳首先要用電視這支開啟電源，（老齊邊說邊示範，兩人面對觀眾，盯著假想的電視機）這樣。如果妳只想看一般節目，用這支遙控器找頻道就好了。如果妳要看有線電視台，妳要按這個，「輸入切換」——

安娜：不用換遙控器？

老齊：先不用。先按「輸入切換」，當螢幕出現「影音輸入1」的時候，妳就按「OK」，這個圓圓的按鍵。這時候電視遙控器就沒用了，妳要用這個有線的找頻道。

安娜：好像接力賽跑喔。

老齊：妳有沒有在聽啊？要用這支灰色的找妳要的頻道。不過，有線的節目和一般的電視節目差不多，如果妳沒有特別想看的，不需要切到這裡。通常我都留在一般電視，除非我想看A片。

安娜：好噁心喔，幹麼告訴我這個。

老齊：有什麼關係？妳不會以為妳老公不正常到不偷看A片吧？

安娜：我們都知道男人會偷看A片，但有什麼好拿出來談的。等一下，你不會是我睡著的時候看A片的吧？

老齊：有時候。

安娜：哇，更噁心。我不敢想像那個畫面：老婆在睡覺，而老公看著A片摸自己。

老齊：總不能摸妳吧。

安娜：太噁了，太噁了。

老齊：我以為這就是婚姻生活。好啦，妳要不要我教妳嘛？接下來是

最重要的,因為妳喜歡看光碟。跟剛才一樣,先打開電視,欸,怎麼回事,喔,我拿錯支了,用這支灰的打開電視,然後──

這時舞台出現了安娜所講的「靜電干擾」,讓觀眾彷彿看到畫面被駭了。老齊和安娜在無意識的狀態下,從電視的話題跳到新的話題。

安娜：然後選取你要的族群。

老齊：看是排隊一族,還是抓寶一族。

安娜：庫德族或是什葉派。

老齊：挺蘇的,還是支持烏克蘭?

安娜：或者成為嘲笑中東的文明人,還是懲罰文明人的恐怖分子?

老齊：支持川普還是金正恩?

安娜：在推特對土耳其外交官說「慢走不送」。

老齊：PVV, VVD, CDA, SP, PvdD.

安娜：隱私或安全,你選哪樣?

老齊：我們好像有很多選擇,其實可以選的就那麼一兩樣。

安娜：如果什麼都不選呢?然後呢?

跳回正常。

老齊：然後……我講到哪裡了?

安娜：輸入切換。

老齊：對,輸入切換。當螢幕出現「HDMI 輸入 1」的時候,妳就按「OK」。

安娜：「OK」。

再度「跳電」。安娜說話的速度變快，而原本耐心十足的老齊變得有點急躁，甚至帶著敵意。

安娜：我不 OK。我覺得我快不行了。我該怎麼辦？我一直保持鎮靜，其實我的內心一直在鬧革命。如果我一直走不出去，以後怎麼辦？如果下一步是連臥室也待不住我還能躲到哪裡？

老齊：臥室待不住就走出去啊。

安娜：你不了解我的狀況就少在那邊說風涼話。我現在很想用什麼方法來消滅腦袋裡雜七雜八的念頭，或者乾脆把自己撕得粉碎。你以前說你沒辦法一個人生活，哪天我掛了你第二天就會再婚，現在機會來了，我快掛了。

老齊：我是開玩笑的，妳扯到哪去。妳需要鎮靜。

安娜：我沒辦法鎮靜。我走不出那扇門。以前都只是在書上讀到的故事，沒想到故事跑到我身上來了。（拿起床上的紙鎮）拿去。

老齊：幹麼？

安娜：把我敲昏。

老齊：什麼啊？

安娜：快！然後把我送去急診。

老齊：啊？

安娜：快啊！你還愛我嗎？

老齊：老天，我要是把妳敲死了怎麼辦？

安娜：你不就趁心如意了嗎？

老齊：我可是要坐牢的。

安娜：這時候還只想到自己。

老齊：我得出去了。

安娜：出去幹什麼？

老齊：幹什麼？客人還在外面呢。

安娜：真的有客人嗎？

老齊：什麼話，難道妳聽不到聲音嗎？

安娜：誰曉得是不是陰謀，外面的聲音是你預先錄好的。誰曉得你們
　　　是不是真的在吃飯？

老齊：我看妳真的不行了。

安娜：然後呢？我不行了你要拋棄我？

　　　跳回正常。

老齊：然後按「輸入切換」，當螢幕出現「HDMI 輸入 1」的時候，
　　　妳就按「OK」。

安娜：那個「色差輸入」是什麼？

老齊：我也不知道。

安娜：「HDMI 輸入 2」又是什麼？

老齊：我也不知道，反正妳只要知道用得著的就可以了。

安娜：如果是 MOD 呢？

老齊：如果是 MOD，妳還是要先打開電視，然後要用這支黑的開啟
　　　MOD。奇怪，怎麼沒反應？咦，怎麼是紙鎮？

安娜：等一下，你手上拿的是紙鎮。我記得我們剛剛有提到紙鎮。

老齊：哪有？

安娜：你剛才好像要拿紙鎮敲我頭。

老齊：胡說八道妳。

安娜：沒有嗎？難道我又跳電了？

老齊：好啦，看妳的電視。我該去煮龍蝦了，有任何事慘叫一聲。

（仔細看著安娜）內心紛亂，外表沉著，妳沒事的。

安娜：是嗎？倒過來說就不妙了。

老齊：外表沉著，內心紛亂。有差嗎？

　　老齊下，這次他記得關上門。舞台開始旋轉。安娜走到門口，鼓起勇氣將門開出一點縫隙，以便聽聽外面的動靜。

小玟：（場外）老齊，你終於出現了。龍蝦呢？

老齊：（場外）馬上來。

慧芬：（場外）安娜還好吧？

老齊：（場外）沒事，休息一會兒就好了。等我一下，龍蝦馬上好。
　　　紅酒再開啊。

吉米：（場外）來吧。

　　音效：開酒、倒酒、杯子碰撞的聲響。

　　接下來，小玟開始說話，從場外一直說到場上，亦即，等她說到下半段時，舞台已經轉到客廳這邊。這時，觀眾才發覺原來的客廳已經變了樣：四人各自站在一座麥克風前，手裡拿著劇本講台詞，彷彿在讀劇。而且，隨著演員的手勢，音效傳來應景的聲響。四人看似在交談，但比較像是各說各話。

小玟：進取，還是撤退，這年頭只剩這兩個選擇。你要嘛變成殭屍，不然就是天天殺殭屍的人類。老齊選擇撤退，我認為沒什麼不好的。問題是，我們還年輕，假設我們都活到七八十歲，我們都很年輕。這麼一來，撤退後的日子怎麼過？我不想進取，也無法撤退。於是乎，我卡在中間，像一塊擋路的石頭。

慧芬：小玫每次喝酒就這樣。

小玫：亂講，我還沒開喝呢。

吉米：我發誓再也不參加同學會。是誰說的，通常都是有成就的人才會參加同學會，其他沒有成就的人參加通常只想借錢。

小玫：我也拒絕參加。這年頭賢妻良母競爭激烈，害得我們這種沒結婚的更加尷尬。都怪少子化，媽的這些母親看起來特別神聖。

慧芬：妳這不是罵到我了嗎？

大連：為了工作，我每天就是騎著摩托車在街上跑，路上的見聞值得寫一本書。有一次，有一個人下了計程車，過馬路，結果被同一輛迴轉的計程車撞到。（做手勢，馬上傳來車禍的音效）這是不是所謂的風險社會？

慧芬：為了我們的下一代，我們真的要注重環保。好萊塢最不環保，每一場吃飯的戲碼，沒有一次把食物吃完。我尤其痛恨餐廳的橋段，例如劇中人物相約在餐廳談判，（手勢。情調音樂）坐下來，第一件事就點餐，喔，我要菲力牛排，喔，給我煙燻鴨胸。結果呢，食物來的時候剛好談判破裂的時候，屢試不爽。其中一人，每次都是點一堆菜的那個人，掉頭就走，從來沒有一次跟 waiter 說要打包。

小玫：要了解一個人，不能光看長相，還要聽他說話。通常只要那個人多說幾句，你就會放棄想要了解他的念頭。

吉米：自戀沒什麼不好的。我舅舅七十幾歲，最欣賞自己那一頭至今還沒花白的秀髮，每次跟人講話就會不自覺地以慢動作兩手抬高地撫弄著頭髮，先左手，後右手。自戀沒什麼不好的，他到今天還沒五十肩。

大連：我的視力好像越來越差。前幾天和慧芬散步，看到對街公車站牌的走馬燈寫著「各位狗主人請自重，不要隨意大便」。

慧芬：不是啦，你眼睛怎麼看的啦，是「各位愛狗的主人請自重，隨時清除狗便」的啦。

小玫：不是啦，是這個啦，我好像掉進了啦啦河。（手勢。音效）

吉米：相見不如懷念，我喜歡遠距愛情。前幾天和他通電話，他說想我，恨不得把我吃掉。我問他吃什麼，他說吃那個，我就說「你往東邊看，那不是日出，是我臉紅了」。

小玫：我得小心點。前幾天跟一個我仰慕的劇作家吃飯，他不屑地提到另一個劇作家。我也覺得那個作家很噁心，為了要俏皮，我做個噁心狀，沒想到真的吐出來。（手勢。音效）

吉米：要不是為了龍蝦，這種沒有真正交集的聚餐可以免了。每個人都在虛應故事。乾杯！（手勢。音效：杯子碰撞聲）喧譁！（喧譁聲）帶著自己的寂寞出席，帶著原來的寂寞回家，就像那一件進門脫下、出門穿上的外套。將來我們會透過視訊聚餐，各自在家吃著泡麵，各自穿著家居服，下面只穿內褲我也不反對。為了讓場面壯觀一點，我們可以加上音效，最好是颱風天。（手勢。音效）到處都鬧水災，但我們毫無風險，吃著虛擬的龍蝦，交換著虛擬的口水。

老齊上，兩手提著有耳朵的銀色鋁盤，上面空無一物。舞台開始旋轉。

老齊：龍蝦來了。

眾人歡呼。

小玫，我先跟妳招了，我家沒有番茄醬。

小玟：哈哈，我自己帶來了。

吉米：暴殄天物，吃龍蝦沾番茄醬。

慧芬：有人到別人家吃飯自己帶番茄醬的嗎？

　　舞台轉到臥室時，觀眾發現原先乾淨極簡的臥室宛如颱風過境，亂成一團。捧著龍蝦盤的老齊看著眼前的景象，不敢置信，而再度換裝的安娜神色慌張，頭髮凌亂，癱坐於地。

老齊：為什麼有一股奇怪的味道？

安娜：你一定要帶我去醫院。

老齊：走啊，現在馬上出發。

安娜：不過你要先把這一面牆拆掉。

老齊：為什麼？

安娜：我不能走出這扇門，如果你把整面牆拆掉，它就不是門了。

老齊：我把門拆掉如何？

安娜：門拆掉，框還在啊。

老齊：So？

安娜：我現在的問題在於門框所代表的意義。門檻之外，危險；門檻之內，安全，你不懂嗎？現在對我來說，每個東西都是象徵。你端著那個盤子走進來，我馬上想到《聖經》裡面施洗約翰被砍頭的故事。

老齊：妳不是基督徒，我更不是莎樂美。

安娜：這不重要，重要的是我無法克制的聯想，還有一直跳接的畫面。

老齊：現在是跳接嗎？

安娜：不是。

老齊：妳覺得不是，可是當我看到臥室被妳搞得亂七八糟的時候，我

第一個念頭就是，完了，我跟著妳跳電了。

安娜：沒事，我確定。

老齊：妳如何確定？

安娜：因為你也覺得臥室很亂啊。

老齊：到底發生什麼事，搞成這樣？

安娜：我在抓一隻壁虎。

老齊：壁虎會吃蚊子妳抓牠幹麼？

安娜：我也知道壁虎無害，可是以前都是在客廳看到，現在怎麼跑到臥室裡來？這是什麼徵兆？牠想爬到我臉上撒尿嗎？還是鑽進我微張的嘴巴裡？

老齊：神經啊妳。

安娜：你說我神經病？

老齊：我哪有。

安娜：沒生病的人總是輕蔑生病的人，雖然他們細心照顧。

老齊：這句話好像哪裡聽過，喂，是我上次生病的時候跟妳說的嘛。

安娜：哪有，我忘了。

老齊：妳一字不漏地照著說怎麼可能忘了。

安娜：有沒有注意到棉被不見了？

老齊：喔。

安娜：我把它收進衣櫥裡。

老齊：為什麼？

安娜：因為我在棉被上的皺褶裡看到一張張訕笑的嘴臉。

老齊：啊？

安娜：其中有一張很像你。

老齊：至少，那些只是不好的聯想；至少，妳還沒嚴重到以為真的是那樣。

安娜：所以我可以還算鎮定地跟你分析我的狀況，要不然我早就衝過去用那個盤子砸你的頭。

跳電。

安娜衝過去，從老齊手中搶過鋁盤，狠狠地敲打他的頭顱。老齊倒地之後，安娜從上方冷冷地看著他。然後，安娜慢慢地走回原位。同時，老齊慢慢起身。

老齊：跳電。

安娜：沒有啊。

老齊：有，這次是我跳電。我看到妳衝過來用盤子把我敲死。

安娜：亂講，你不要被我傳染了。我們剛剛講到哪了？

老齊：房間為什麼這麼亂。

安娜：對，壁虎。我聽說，只要被人類的影子遮蓋了，壁虎就會自斷尾巴。我一邊想著斷尾求生的成語大概是這麼來的，一邊試著站在牠上方，可是媽的這傢伙根本不怕我的影子。會不會我整個人虛化了，連影子都不實在？我還聽說，壁虎最怕蒜頭、蛋殼、辣椒醬，可是這些東西都在廚房，所以我想到殺蟲劑，可是浴室裡沒有。以後東西不要亂放好嗎？我又慌又急，心想總不會要我用腳踩死牠吧。後來我打開衣櫥放棉被的時候，發現裡面有一支滅火器，所以……

老齊：清涼帶點苦味，原來是滅火器的味道。

安娜：誰叫你沒事把滅火器藏在衣櫥裡。

老齊：放了很多年，根本忘了。

安娜：難道……原來，你……

老齊：沒錯。要不要陪我一起回憶？

安娜：不要。

老齊：來吧，跟我一起進入回憶。說不定可以幫助我們釐清妳目前的
　　　狀況。

　　　兩人不動。隨著消防車的警笛聲，一陣煙霧從舞台兩側襲來。不
久，兩名消防隊員（由兩位男演員飾演）從舞台兩側衝進來。等他們
站定位置後，警笛聲逐漸褪去。

隊員甲：（指著老齊手上的盤子）我記得起火的原因不是因為你們在
　　　　臥室裡煮東西。

老齊：喔，對不起，回憶裡沒這個東西。

　　　老齊把餐盤放在床上。

隊員乙：（對著安娜）可以告訴我們怎麼回事嗎？

安娜：對不起，我不是故意的。我寫了一些東西，今天得到出版社的
　　　消息，說他們沒有興趣。我心情跌到谷底，所以把文稿燒了。

隊員甲：在臥室裡？

安娜：我一時忘了我在哪裡。

隊員乙：等一下，妳的東西電腦有存檔嗎？

安娜：當然有。

隊員乙：那妳燒掉不是白燒了？

安娜：有一種行為象徵意義大於實質你不懂嗎？我把它燒掉是因為我
　　　已痛下決心，從今以後再也不寫東西了。

老齊：（對著兩位隊員）後來，很反諷地，我太太成為作家們的奴才，
　　　我是說，編輯。

隊員乙：真的啊，我有一個很棒的故事構想，來自親身經歷，不知道妳可不可以——

隊員甲：喂，咱們還是回到回憶吧，待會四點的時候東區還有一場火要救。（注：向伊爾涅斯科之《禿頭女高音》致敬。）

隊員乙：是的。這位太太，這件事很嚴重妳知道吧？妳差點把整棟大樓給燒了。

安娜：對不起，我真的很後悔。

隊員乙：家裡沒有滅火器？

老齊：沒有。

隊員甲：要準備。必要時多買幾個，其中一個放臥室。

老齊：是。

安娜：（同時）放臥室幹麼？我以後不會再——

隊員甲：這位太太，人類總是在「我不會」的狀況下做了很多傻事。有人喜歡躺在床上抽菸，相信自己不會睡著，等屋子燒起來後，他發覺他睡著了。一個負責毀滅性武器的人總是對自己說不會按錯，直到有一天他按錯了，造成無法彌補的傷害。

安娜：需要扯那麼遠嗎？

隊員乙：待會管區的警員馬上就到，他會釐清有沒有刑責的問題。我會把你們告訴我的情況告訴他。

老齊：不會有問題吧？

隊員乙：問題不大。這不是蓄意縱火，不過，警方可能會要求你太太去看精神科。

安娜：什麼？我精神沒有問題。

隊員乙：有沒有問題，專家說了算。我們走了。

消防隊員下。回憶結束。

安娜：後來，專家說我沒問題，只是要學會控制情緒。這幾年老娘服侍那些自我中心的作家都沒有發作，早該有人頒給我情緒控管的最高榮譽。

　　舞台旋轉。

　　流沙！
老齊：什麼啊？
安娜：沒有嗎？我突然覺得腳站不穩。

　　外面傳來呼叫老齊的聲音。

老齊：糟糕，我忘了他們還在。
安娜：你出去吧，不用管我。
老齊：我早點把他們打發走。
安娜：你看著辦，但不要失禮。
老齊：今天失禮定了。整個晚餐女主人沒出現，他們一定非常納悶。我問妳，女人那個來了是不是真的很痛，痛到無法正常運作？
安娜：對有些人來說是啊。你怎麼突然問這個？喂，你是不是跟他們說我那個來了？唉呀，我的天啊，沒想到你這麼沒創意，居然用了我最痛恨的藉口，受不了你，真是的。
老齊：記住現在的情緒。
安娜：幹麼？
老齊：妳為了「那個來了」跟我生氣是多麼地專注，完全沒跳電，這不是很好嗎？

安娜：原來你這是苦肉計，要我忘掉煩惱？

老齊：沒錯。

安娜：原來你沒有用那個藉口。

老齊：（頓）有。

安娜：王八蛋。

老齊：怎麼可以罵妳老公王八？

安娜：不理你了，出去，出去。

老齊：我偏不。

安娜：出去啦。

　　兩人沉浸在笑罵中互相推擠。老齊下。安娜又好氣又好笑，然而當她想起自己的狀況時，笑容慢慢地消失，回到沮喪的表情。

　　音樂上。

　　接下來這段戲，舞台不停地轉。

　　客廳裡，四位客人，或坐或站，各自看著手機。老齊站在桌首，面無表情地看著他們。過了一陣子後：

老齊：還需要酒嗎？

　　沒有人聽見，沒有人抬頭，頂多只喃喃發聲。

　　過了幾秒後：

老齊：安娜不好了。

　　同樣的反應。老齊獨自喝悶酒。

　　音樂持續，舞台轉到臥室。但見較為鎮定的安娜在整理房間。期

間，她幾次試著與那扇門交涉：盯著它瞧、試著一腳跨出門檻。這一段需要非寫實的肢體動作來表達安娜時而鎮定時而躁動的擺盪。

舞台轉到客廳，音樂收，不動了。

接下來這場戲試圖再現人們聊天的實況。以下每位角色的對白結尾處，句點表示停止說話，若無句點則表示繼續說，不因別人插話而停頓。拆解來看，前半段是小玟關於「淨土」的獨白，中間一直有人穿插說話，後半段則是大連關於「鬥雞」的獨白，先是慢慢地浮出，最後蓋過了「淨土」。

小玟：前一陣子去了峇里島

慧芬：峇里島好美喔。

小玟：感覺很不一樣。以前，十年前第一次去的時候覺得很美。

大連：（問吉米）你去過吧？

吉米：誰沒去過。

小玟：但是這一次無論如何就是沒辦法放鬆。在街上逛的時候，隨時有人向你兜售，感覺非常不好。

大連：看過鬥雞嗎？

吉米：沒有。

大連：超刺激的。

慧芬：好刺激喔。

小玟：導遊跟我說，我住的五星級飯店，以及所有峇里島上稍具規模的飯店的老闆都不是本地人。

吉米：So？

小玟：這不是很殺風景嗎？搞了半天我們在那邊撒的錢全都跑進了財團的口袋，沒有真的幫助到普遍貧窮的峇里島人。

老齊：嗯，各位……

小玟：他們只能在飯店裡當服務員、清潔工，或者開著破車當導遊。

老齊：時間……好像……

小玟：最慘的是那些帶著紀念品的婦人和小孩，看到觀光客馬上就簇擁過來，你不買他們就不離開。當然我也曉得如果觀光客不去，他們說不定更慘。唉，這世界沒有淨土，觀光客的淨土都建築在當地窮人的身上。

慧芬：誰旅行是為了找淨土？

大連：就是啊。

吉米：老齊，還有酒嗎？

老齊：呃，有，我去拿。

　　老齊下。

慧芬：小玟，妳不能帶著假惺惺的社會意識去旅行，這樣會很累的。雖然說觀光客的錢都進了財團的荷包，但是我們去了那些窮人才有飯吃啊。

小玟：這我剛剛講過了。

慧芬：照妳的標準，咖啡豆也不能買了。

小玟：我上次發了個神經，和幾個藝術家跑到印度來一趟禪修之旅。藝術家本來就喜歡搞神祕，可是我這個人跟人家禪什麼修。

吉米：（問大連）鬥雞在峇里島不是被禁了嗎？

大連：只有節慶的時候才可以。我們看到的是表演。

　　以下小玟和大連的話語完全重疊。吉米聽著大連說話，慧芬則把注意力分給兩邊，直到最後才完全偏向鬥雞。

小玫：我們一出海關就坐上一輛潔白的巴士前往內觀中心，進入了山區後風景美極了，可是入山之前巴士得經過。

大連：本來鬥雞是不能讓女人或小孩參與的，但表演的無所謂。

慧芬：對啊，好刺激喔，雖然有點殘忍。

小玫：幾個村莊，沿路看到的都是窮困、髒兮兮的村民，還有那些單薄的鐵皮屋。兩個小時之後，巴士來到與世隔絕、五星級設備的中心。

大連：真正的鬥雞賭很大，不見血不會喊停。比賽的時候，主人會把公雞夾在臂彎來到擂台，確定賭注後，鑼聲一敲，兩隻公雞就從半空放下，開始在場子裡鬥起來像摔角選手，直到其中一隻不支倒地為止。喔，我有跟你說嗎，主人會在雞爪綁上刀片，刀片很利，削指如泥。

接近尾聲時，音效傳來男男女女看鬥雞起鬨的錄音。
舞台開始旋轉，音效持續。
轉到廚房。老齊正在講電話。

老齊：我警告你不能掛我電話，之前那個專員叫什麼名字？為什麼可以掛顧客的電話？你們不是客服中心嗎？我只是發表我對於你們產品的感想，希望你們將來可以改進。我想知道，為什麼你們公司賣的鹽巴，鹽巴本身沒問題，是盒子裡那根紅色的小湯匙，為什麼第一次打開的時候，要用手指挖才能找得到，可是拿出來之後就很難裝回去。這是益智遊戲嗎？鹽巴和腦筋急轉彎有什麼關係？喂？喂？幹！

舞台轉到臥室，安娜又換了衣服，面對假想的鏡子。

老齊出現。

老齊：服裝秀啊？

安娜：是啊，可惜沒有觀眾。他們怎麼還沒走？

老齊：他們聊得很投入。

安娜：聊什麼這麼投入？

老齊：禪修與鬥雞。在峇里島。

安娜：反差可以再大一點嗎？要不要我從這邊喊話，跟他們說該散會
了。

老齊：喂，妳別亂來喔。妳心情看起來不錯嘛。

安娜：時好時壞，一直在我無法繼續和我會繼續之間擺盪。無以名
狀。我的恐懼。跟我說一些事，說一些讓我擔心因此不會想到
自己的事的事。

老齊：妳今天講話好繞喔。

安娜瞪他。

我今天要大家盛裝出席，其實是有陰謀的，也不能說是陰謀，
而是為了一個動作。

安娜：我們不是講過了，我們之間的用語嚴禁「動作」兩個字？

老齊：除非，它確實是動作，而且是個戲劇性的動作。我剛剛跟他們
宣布了，現在跟妳分享：我決定再也不找工作了。我不是說不
再工作，而是我不再企圖搞一個正職。今天晚上的計畫就是等
我喝醉的時候，我要把身上這一套西裝燒掉。

安娜：在家裡？

老齊：當然不是。我會把大家帶到淡水河邊把它燒掉。

安娜：然後發出狼嗥的聲音。

老齊：阿嗚！阿嗚！阿——欸，妳怎麼對我不找工作的決定完全沒反應？

安娜：我沒意見啊。

老齊：真的？

安娜：你決定不再找工作我沒意見，因為我相信你會找事情做的。何況，你也找不到工作，我是說——

老齊：無所謂——

安娜：找不到適合你的正職。

老齊：以後全靠妳了。這幾年就一直在靠妳。

安娜：交給我。不過，我有需求的時候你要給我，不能假裝頭痛。

老齊：不會，我一定挺身而出。

安娜：三八阿花。

老齊：妳才三八阿花。

兩人對看，微笑。

現在回想，前年此時，我剛失業的時候，我嘴巴說沒問題、工作很快就會找到，一副老神在在的模樣，其實內心早就癱掉了，像個失禁老人。當天晚上，我找大家來家裡吃火鍋，說是要慶祝我的自由。結果呢……

安娜：你切豆腐切到自己。

老齊：切豆腐。妳聽說有人切豆腐切到自己的嗎？

安娜：把我嚇死了，食指切出一小塊肉，肉切掉也就算了，還藕斷絲連吊在那叮叮咚咚。

老齊：妳當機立斷，開車把我帶到急診室。那天的病患特別多，裡面

一團混亂，好像全台灣都出了意外，護士要我們稍坐一會，妳聽了很不爽，抓住我受傷的手在她面前搖晃，說，都血流不止了還稍坐一會。本來就很痛，妳這麼一抓更痛。

安娜：還好那天沒有人用手機錄影，否則我就是虐待病人、霸凌護士的瘋婆子。

老齊：醫生為我包紮，那塊肉也保住了，而且晚上的火鍋大餐照樣舉行。

安娜：我們兩個好像跟急診室很有緣。

老齊：還好都有驚無險。

安娜：記得我上次喉嚨被魚刺哽到吧？

老齊：當然。

安娜：你叫我乾吞幾口白飯，我吞了幾口，結果那根刺還在。

老齊：後來我建議妳吃冰淇淋，因為冰的東西可以把刺變硬，之後再吞幾口白飯。

安娜：結果那根刺還在。突然你說你搞錯了，應該喝醋才對，醋可以讓魚刺變軟，才可以被白飯帶走。最後，最後最後，好不容易到了急診室，醫生用一個小鉗子一下就把魚刺拔掉，前後不到十秒。

老齊：他一直嘲笑我，什麼白飯、冰淇淋，還有醋，你想害死老婆嗎？

安娜：為了那根刺，我胖了一公斤。

老齊：還有一次是妳急性腸胃炎。

安娜：咱們意外還真不少。我們應該掛個牌子：意外之家。

老齊：真希望現在就帶妳去急診，急診室咱們熟門熟路的。

安娜：等到我失控了，把我敲昏，再把我帶到急診室。

老齊：妳不會失控的。

安娜：我不敢說。剛剛我在胡思亂想的時候，我就想到上一次。說不

定我可以燒些什麼東西，搞一點煙霧，把消防隊員找來，然後把我綁在擔架上送到醫院。

老齊：放心，妳不會這麼做的。

安娜：希望如此。

老齊：相信我。臥室沒有打火機。

安娜：我不是神經質的人。我不是吧？

老齊：當然不是，只是個性比較剛烈。

安娜：再怎麼剛烈，這幾年也被磨平了。為什麼會發生這種事我不懂。外面到底有什麼妖魔鬼怪讓我這麼害怕？他們都是我的朋友，我不可能害怕面對他們。要是我倒下去怎麼辦？我們只有一份固定收入，要是我倒下去我們怎麼活？

老齊：大不了西裝不燒了。

安娜：這些不好的念頭一直出現，一直出現，我恨不得把自己的腦袋切開把那些念頭一個一個拔掉。

　　舞台旋轉。

安娜：有件事我一直沒跟你講，因為我不想去想它。

老齊：什麼事？

安娜：我們公司正在考慮裁員。

老齊：真的啊？

安娜：如果發生，我們編輯部要裁掉兩個。哪兩個，老闆說由我決定。

老齊：操，妳怎麼辦？

安娜：我不知道。

老齊：會不會這件事就是妳恐慌的原因？

安娜：少在那邊扮演心理醫生。

老齊：真的，妳不要排斥這個想法。說不定有關聯。別忘了，我被優
　　　離優退之後憂鬱了好一陣子。

　　　舞台轉到客廳時，四位演員服裝沒變，但行為舉止近似殭屍。老
齊坐在桌首，彷彿最後晚餐的耶穌基督。

　　　先是電音舞曲，加上迪斯可燈光，四人以慢動作，著魔似地舞動
著，但說話速度正常。

　　　音樂收，四人狼吞虎嚥，橫掃餐桌上剩下的食物。同時，發出難
以辨識的怪聲。

　　　燈光收……

老齊：今晚，尊貴的朋友，寒舍與我
　　　同樣渴望您的大駕
　　　並非我們值得如此榮寵
　　　是您的價值使我們的食物生輝
　　　您將品嘗，為了滿足您的味蕾
　　　義大利橄欖、西班牙酸豆、有機沙拉
　　　羊腿、牛小排、春雞
　　　待會我們純真地分手
　　　就像是先前純真地相聚
　　　席間的話語無法讓我們
　　　明天懊惱或驚嚇
　　　為了今晚的失禮（改譯自 Ben Johnson 之 "Inviting a Friend to
　　　Dinner"）
小玟：天啊，我會發胖。
慧芬：我們潛入食物

甚至沒時間

浮出水面換氣

我們的嘴巴很忙很滿

吃著麵包和 cheese

中間不忘接吻（改譯自 Charles Simic 之 "Crazy about Her Shrimp"）

小玫：我會胖死，真的。

大連：我為她的蝦子瘋狂

吉米：我快撐死

我肚子很餓

我的王國換一匹馬

我要吃掉牠

我想吃掉你

我會吃掉自己

隨著燈光轉換，四人在吉米接下來的獨白裡慢慢恢復正常。

老齊下，舞台開始旋轉。

從指甲開始，吃掉整隻手指，我想咀嚼我的手指，吞下整隻手，整隻手臂，一直到我的肩膀，然後另一隻手一直到肩膀，左邊大口，右邊大口，兩邊的肩膀不見了，接著是我的心臟，我的肺臟，我的肚子，往下繼續來到我的肋骨，咬碎我的命根子，喔，整個身軀在我嘴裡，只剩雙腳⋯⋯外面什麼聲音？（改譯自 Caryl Churchill 之 *Heart's Desire*）

小玫：外面突然下起大雨，淡水河暴漲，希望這裡地勢夠高。

大連：放心，這裡從不淹水。

慧芬：新聞上面說，淡金公路發生一起連環車禍，交通回堵數公里。

吉米：外面是不是很危險？

小玟：我們會不會回不了家？

大連：放心，這裡是個堡壘。2022 年繁華的北台灣發生黑死病，喪鐘亂鳴，死了十多萬人。某天，兩男兩女來到郊外山上的公寓躲避瘟疫。四位男女發現男女主人不見蹤影，於是就在狹小的公寓住了下來，除了歌唱跳舞之外，大家決定每人輪流講一個笑話來度過殘酷的日子，最後合計講了一百個笑話。

　　舞台轉到臥室。

　　安娜把 iPad 放在床的邊緣，坐在地板上打著電動玩具。老齊在一旁看著她。安娜過不了關後，輕輕說聲 shit，然後重來。

老齊：難得妳會玩遊戲。在玩什麼？

安娜：你的遊戲。

老齊：哪一個？

安娜：「天天過馬路」。

老齊：怪不得我一直聽到小雞的慘叫聲。

安娜：我以前不曉得這個遊戲有這麼好玩。

老齊：我以前玩的時候妳都說我無聊。

安娜：你玩很無聊，我玩不無聊。因為我從這個遊戲可以得到頓悟。

老齊：頓什麼悟？

安娜：人生真的是如臨深淵，如履薄冰。

老齊：就說馬路如虎口不是更恰當？

安娜：這隻小雞走得不夠快，換成別的會不會好一點？

老齊：都一樣。快不快不是雞的問題，是妳的手指。妳不覺得諷刺嗎？

安娜：怎麼說？

老齊：妳不敢出門，卻躲在臥室裡玩「天天過馬路」。

安娜：Shit，又死了。你的 iPad 怪怪的，每隔一段時間就會卡住然後再跳回正常，我都是在它卡住的時候分神，結果被火車撞死。

老齊：iPad 沒問題，我猜是我們家電流有問題。我們家電視也一樣，有幾台看到一半就跳掉，不是變模糊就是一片漆黑。

安娜：會不會我們家風水有問題？我最近常常跳電會不會跟這個有關？

老齊：不要疑神疑鬼，沒那回事。

安娜：我知道啦，只是很想找一個理由來解釋這一切。如果每件事情都是象徵，我走不出門，跳電的情況，壁虎的出現，衣櫥裡的滅火器，我們第一次買龍蝦，你打算燒掉西裝，一台電視有五支遙控器——

老齊：四支。有一支是紙鎮。

安娜：對，還有紙鎮莫名其妙跑到臥室裡來；還有我叫你不要用「我那個來了」作藉口，你偏偏用「我那個來了」作藉口。

老齊：那是無心之過。

安娜：沒有所謂無心之過。每一個現象都有它的意義，它們企圖傳達訊息，就看我有沒有足夠的慧根去理出一個頭緒來。這樣我就可以看清我的生命出了什麼問題，或是我們之間出了什麼問題。

老齊：我們之間沒有問題的，安娜。

安娜：我們是沒問題，但是還可以更好不是嗎？

老齊：任何事都可以更好。

安娜：為什麼你第一次翻譯，選的第一本書就是先生在半夜把太太的頭顱割掉然後放在冰箱的故事？

老齊：喂，那是妳推薦的書耶。

安娜：我拿三本讓你選為什麼你偏偏挑這本？怪不得這幾天你看我的眼神怪怪的。

老齊：妳是……妳聽到我跟他們開的玩笑，是吧？

安娜：那是玩笑嗎？還是預告？說不定今天晚上就是我們關係的臨界點，就像那該死的門檻。其中最大的徵兆就是我狀況不好但是要你不要取消聚會結果你居然真的沒有取消還有心情跟他們講關於我的項上人頭的笑話。

老齊：我的媽呀，安娜，妳再這麼想會瘋的。

安娜：這又提醒我另外一件事。

老齊：什麼事？

安娜：我們得換銀行。

老齊：匯豐銀行有什麼問題？

安娜：匯豐，會瘋。

老齊：妳在開玩笑的吧？

安娜：唉，我也不知道。我知道我現在很不理性，但是我跟你說，我的腦袋從來沒有這麼犀利敏銳，好像我看透了什麼神祕的東西頭緒。在一片狂亂中，很多東西鬆掉了，崩解了，但在崩解中有新的連結浮出，平常沒有關聯的有了關聯，就好像世界全部擠在一塊，過去發生的和還沒有發生的也都在眼前。

老齊：這些聽起來很好，但是就算妳看透了什麼總不能都是負面的訊息吧？

安娜：是啊，可惜，我從來就不像你這麼陽光。

老齊：我什麼陽光？我陽光個屁啊。

安娜：幹麼那麼激動？說你陽光有什麼不好的？

老齊：我受夠了。自從我失業變成家庭煮夫，我的朋友總是風涼地說

我是新好男人。這跟男人好不好有什麼關係？

安娜：他們沒有惡意。

老齊：我當然知道他們沒惡意，可是我聽起來就是刺耳。我只是在調適，我除了調適還能做什麼？我何嘗不想在外頭發揮所長，分攤家計？景氣不好的時候，被上司炒魷魚還是做個炒別人魷魚的上司，妳以為我會選哪一個？但是一個人的人生可以由他選擇的嗎？太棒了，只因為我沒為了失業而一蹶不振、沒有為了失業而自殺成仁，突然之間我變陽光了。

安娜：喂，我說你陽光是基於風涼話的心態嗎？不要用你的耳朵扭曲我的嘴巴。這幾年你沒有工作我可有給你臉色看過？

老齊：沒有。可是——

安娜：可是什麼？沒有就是沒有，還有什麼可是。不要拿你的受迫害妄想症來跟我鬧。

老齊：受迫害妄想症？我有受迫害妄想症？妳乾脆直接學社會用魯蛇來說我好了。

安娜：（一時沮喪）SHIT！

老齊：妳才 SHIT！

老齊才說出口就後悔，安娜感覺受傷。

沉默半晌。

安娜：剛才有沒有跳電？

老齊：沒有。

安娜：所以你真的罵我是 shit。

老齊：對不起。

安娜：我們結婚的時候曾經約法三章：將來無論如何，不管誰多生氣，

不能惡言相向，不能罵髒話，如果情緒一來需要用不雅的字眼才能正確表達，絕對不能對著人，只能對著地面、天空或一般的方向。

老齊：是妳先說的。

安娜：我的 shit 是針對目前令人沮喪的情境，而你的 shit 卻是指我。

老齊：對不起。

安娜不理他。

對不起嘛。

安娜：好啦。我是不是 shit？

老齊：絕對不是。妳不是 shit。

安娜：好啦。

老齊：我的安娜不是 shit。

安娜：夠了沒？我問你，我是不是忽略了你的情緒？

老齊：沒有的事。當一個人用自卑的心去看著世界時，他看到的畫面和一般人看到的是不同的。我說我在調適，除了要適應社會的眼光，還要調適自己的心情。我不得不這樣做，否則我就真的垮了。我本來是建築師助理，以為只要鍛鍊幾年就可以榮升建築師，沒想到幹了十多年還是助理。公司那個建案大虧之後，我在第一批裁員就被刷掉。妳說妳最近常跳電，其實自從失業以來我一直在跳電。妳會胡思亂想我也會。

安娜：你亂想什麼？

老齊：唉，跟妳說妳會以為我瘋了。

安娜：告訴我嘛，越瘋狂的越好，這樣我才不會覺得我瘋了。

老齊：不要啦。

安娜：好啦。

老齊：不要啦。

安娜：好啦。

老齊：我們好像掉進了啦啦河。

安娜：什麼河？

跳電。

安娜和老齊慢慢走向床邊，上床躺下。

四名蒙面搶匪趁兩人睡著時持槍闖入，他們的裝扮狀似西部牛仔。

搶匪甲：不要動。

搶匪乙：這是搶劫。

搶匪丙：雙手舉起來。

老齊：你們怎麼進來的？

安娜：我們家沒有貴重的東西。

搶匪甲：現金呢？

兩人：沒有。

搶匪乙：珠寶呢？

兩人：沒有。

搶匪丙：鑽石呢？

兩人：沒有。

搶匪甲：劫財不行，咱們就劫色吧。

搶匪們把安娜從床上拉起。老齊奮力抵抗，經過一番打鬥之後，被搶匪射殺後悲壯地倒地。安娜哭天喊地地撲向老齊，哭到一半時抬頭。

安娜：這就是你的胡思亂想？

　　搶匪們下。

老齊：是啊。

安娜：這麼灑狗血？

老齊：配合時代的潮流。

安娜：這個故事的信息是：你怕有人闖進來。

老齊：應該是。

安娜：還有：你怕失去我，你願意為我死。

老齊：好像是。

安娜：（半認真半揶揄）好感人喔。

老齊：謝謝。

安娜：為什麼是西部牛仔？

老齊：我喜歡西部片。換成恐怖分子妳一定也會死，太慘烈了。

安娜：有沒有什麼胡思亂想不牽涉死亡的？

老齊：不曉得，我常想到死亡。

安娜：我也是。

　　跳電。兩人再度爬上床睡覺。

　　不久，老齊睡不著，拿起旁邊的遙控器，打開電視按了幾下，換個遙控器，再按幾下後，來到 A 片頻道。以模糊的音效暗示。

　　突然，音樂一轉，換成脫衣舞曲。

　　穿著美豔牛仔服的女郎幽靈般地出現在門外，先是手臂，然後是大腿。老齊喜出望外，起來迎接。

老齊：妳終於來了？

女郎：對不起，讓你久等了。

老齊：沒關係，來了就好。

女郎：今天搶匪劫持火車的時候謝謝你救了我，我要獻身給你。

老齊：這是應該的。

女郎：你可能不知道，我父親是宏聖建設董事長，他很感激你救了我，希望把公司交給你，還有我。

　　　兩人正要親熱時，安娜醒來。

安娜：暫停。

老齊：幹麼？

　　　安娜起來，把女郎推出去。

安娜：出去，出去。你的跳電根本狗屁不通嘛，不但有美女獻身，還有建築公司要交給你經營，好事全給你碰上了。

老齊：所以是胡思亂想嘛。

安娜：我呢？在這個故事裡我呢？是不是被恐怖分子殺了？

老齊：故事還沒完嘛，誰叫妳要打斷它。接下來的情節是，我拒絕了她父親的好意——跟她做完愛之後。

安娜：做完愛？還做完愛？

老齊：好了，不鬧了。

安娜：我不管，這架電視無論如何今天晚上要搬出去。

老齊：要搬妳搬。

安娜：我搬給你看。啊，我忘了，我不行。你們男人的跳電實在膚淺，除了暴力就是 sex。我的跳電可是牽涉到宇宙的奧祕的……咦，他們呢？

老齊：妳現在才問？早走了。我們也該收拾一下，準備睡覺了。妳明天還得上班。

安娜：唉，想到明天，我就不知道該怎麼辦。

老齊：沒問題的，大不了請假。

安娜：我要是睡不著呢？

老齊：我們可以聊天。或做愛做到昏倒。

安娜：想得美。我去梳洗一下。

安娜下。

老齊：有一天走在路上，看到對面一個老人。我們家附近那個養護之家，裡面都是被家人送來等死的老人，平常我經過的時候看到的都是坐在輪椅眼神呆滯看著馬路的老人家。我在對街看到的老人不一樣。他至少能走，雖然拄著枴杖，他還能走。我看著他一步一步顫顫巍巍地走，突然他停下腳步，用枴杖撐著肚皮讓自己平衡，然後費力地從上衣口袋拿出一根彎曲的香菸，之後又費力地從褲子口袋拿出一支打火機，就這樣搞特技地點著香菸，幾次都沒成功。就在我想過馬路幫他點菸的時候，他的背後追來兩名穿著制服、推著輪椅的看護。原來，老人家是從養護中心逃出來的，顯然越獄失敗。他們離開之後，我也走了。我走進一家便利商店，買了香菸和打火機，可是當我點著菸、吸了一口之後，才意識到我已經戒菸很久了。

換成睡袍的安娜上。

安娜：所以你決定放棄？

老齊：我要自由，不找工作的自由。我要保存沒有尊嚴的尊嚴。

安娜：可是你還沒五十，這樣會不會太早了？

老齊：我以為妳同意我的決定。

安娜：我尊重你的決定，但是既然你的西裝還沒燒掉，這個議題還可
　　　　以討論吧？

老齊：好吧。

　　　老齊下。

安娜：提到死亡，很多年前我到馬祖去訪問一個作家，她把我帶到海
　　　　邊山坡上的夫人咖啡館。我們一邊訪問，她一邊抽菸，而我則
　　　　一邊看著有氣無力的海浪。那一天，風平浪靜。訪談之後，分
　　　　手前，那位作家突然說待會要去參加一個葬禮，問我要不要一
　　　　起去。我當場有點錯愕，我聽過婚禮可以順便一起來，沾沾喜
　　　　氣，但是葬禮可以嗎？但是她是我喜歡而且信任的作家，會這
　　　　麼邀請一定有她的道理。

　　　老齊穿著色彩繽紛的新睡衣，一邊刷牙地走出來。

老齊：妳真的去啦？

安娜：天啊，你穿什麼？

老齊：我的新睡衣。為了慶祝燒掉西裝特別買的，為了給妳驚喜。

安娜：驚喜什麼？我驚駭啊。我告訴你，今晚該燒掉的絕對是這件睡衣。

老齊：妳不喜歡嗎？

安娜：好啦，拜託，你進去吧，讓我專心回憶。

老齊下。

我真的去了。那是個老太太的葬禮，作家是她的親戚，叫她姨婆，但是她們之間好像沒有血緣關係。我們從南竿坐船來到北竿，坐了一段車路後來到老太太的家，就在一個靠近淺灣的村落裡。到了那裡，我感覺這不是一個家族的葬禮，而是整個村莊的葬禮，每一個家庭都把它當作自家的事。大家見面不是默默點頭，就是輕聲交談，沒有人嚎啕哀鳴，即使流著眼淚，也面帶微笑。

燈光變化：門口處出現葬禮的行列，送葬的人們慢慢經過。
舞台轉動。

有人安排花草，有人準備牲果，其他幫忙分派衣服。衣服的顏色按照輩分而不同。女兒穿藍色裙子白色上衣，外甥女綠色裙子一律白鞋，男的黑長褲白色上衣，孫兒藍色腰帶。很繽紛。他們不問我是誰就給我一條白腰帶，我把它繫上，然後跟著那位作家，還有上百個人，有些是北竿的人，有些來自其他小島，彷彿全馬祖的人，還有移居台灣甚至美國澳洲的小孩和他們的小孩都來了，大夥沿著一條小路，隨著棺木慢慢走上山坡。

舞台轉到另一面時繼續轉著。

觀眾看到的畫面是：四位演員輪流扮演著行列裡的親友。只見他們緩緩走過門口後，便急忙地繞回原處，為了不讓畫面穿幫，必要時得快速匍匐通過。到了起點時，由服裝助理幫他們換衣服，變成另一個人物後，緩緩地走過門口。

　　我問作家，老太太生前是什麼樣的人，她說她是個平凡的女兒、媽媽、阿嬤。家人感念她是慈祥的長輩，村民感念她是親切的鄰居，朋友感念她是個忠實的同伴。她還說今天大家來不是為了哀悼逝者，而是見證，見證逝者在世間的旅程終於修練完成，並且恭喜死者在世的成就。遺體下葬的時候，我流下了眼淚，默默地感謝老太太讓我參與了她的生命，雖然在她的葬禮。

安娜講完時，舞台已經轉回臥室。

安娜低頭沉思，舞台一片安靜。

突然，老齊從浴室衝出來，左手按著右手臂，可以看到血跡。

老齊：安娜，我不小心割到自己。

安娜：怎麼會這樣？天啊，流血了。

老齊：流血了。

安娜：怎麼辦？

老齊：我不知道，我按了半天還是沒停，而且好像越流越多。

安娜：急救箱呢？急救箱在哪？

老齊：在客廳，在櫃子第一個抽屜裡。

安娜：我去拿。

安娜衝出去，老齊低頭忍痛。

不久，安娜帶著急救箱衝回來，走進沒幾步突然停下，意識到自己走出門了。安娜正狐疑間，老齊抬頭，對她微笑。

安娜：好啊！

老齊：妳上當了。

安娜：可是你真的在流血啊。

老齊：番茄醬。

安娜：王八蛋！臭雞蛋！你居然跟我搞驚悚。

老齊走向安娜，抱住她。

老齊：妳怎麼罵我都沒關係，至少妳走出去又回來，中間沒有任何事發生。妳還在。我還在。

安娜：至少這件睡衣可以丟了吧。

老齊：真的啊？妳不覺得它很有紀念價值？

安娜：好啦，把衣服換掉吧。

老齊：馬上。

老齊走進浴室，留下安娜一個人兀自微笑。
輕鬆的結尾音樂上。
突然，跳電的效果。
安娜直覺地走向臥室門口，卻又突然地止步。

安娜：老齊，外面──外面有人按門鈴。

老齊沒有回應。

　老齊？

走到浴室，發現老齊不在。

　老齊？

門鈴聲再起。
跳電的效果一再發生，安娜僵在原地。

全劇終

整人王：
新編邱罔舍

The Prankster

日本人打來之前

邱罔舍

阿才

師爺

番麥兄

美玉

阿珠

滷麵

白賊七

肉丸

花枝

舞台上搭起一座野台，有衣架供演員換服裝，有道具可搬上搬下。主要表演區在野台之前。

序曲　博大

邱罔舍家。

邱罔舍對阿才交代事情。

邱罔舍：我偕你講，阿才，你現在去碼頭。

阿才：是。

邱罔舍：看到羅漢腳就給他們揪揪做伙。

阿才：要幾個？

邱罔舍：越多越好，至少要一百個。

阿才：要做啥？

邱罔舍：分給他們錢。

阿才：哇，少爺，你終於要做善事了？

邱罔舍：什麼善事？你不懂免多話。我有一個計畫。

阿才：什麼計畫？

邱罔舍：前幾天我旋街旋到東區，看到真多人在排隊，我就問人頭前有啥，結果才知影頭前有路邊攤在賣吃的。

阿才：什麼款吃的，還要排隊？

邱罔舍：我順著人龍向前走，算一算差不多百外人，每個人都手拿著錢，眼睛突突，下頦開開，口水滴到胸坎，好像三天沒吃同款。走到頭前，我斟酌給它看一下，結果你知道那一攤在賣啥沒？

阿才：賣什麼？我腹肚開始餓了。

邱罔舍：賣麵粉。

阿才：麵粉？

邱罔舍：用麵粉做的，做得圓圓的，中間還偷工減料挖一坑，也是圓圓的，看起來好像牛車的輪子，就這樣放在鍋子裡炸一炸膨起來就可以賣了。

阿才：敢會好食？

邱罔舍：哪會好食？根本是騙錢的。

阿才：不好食為什麼要排隊？

邱罔舍：人的心理就是這樣，看人在排隊就感覺不跟著排隊會吃虧，管他物件好還是歹。所以呢，我要在那一攤的邊仔擺一攤，同款賣麵粉，同款做圓圓，但是咱做生理要有良心，中間不要挖一坑，這樣一塊實實在在的賣人，同時你去給我找一百個羅漢腳來排隊，我給你保證我這一攤一定會越排越長。緊去！

阿才：是。

　　阿才退下，轉身走到前舞台，對觀眾講話。阿才和觀眾說話時夾雜著台語和普通話，有時英文也行。

阿才：我們這個少爺肖肖，無厘頭。你聽他講話都要打對折再乘以0.8。你給它想想看，咱們的故事是清朝的台灣，那當時日本人還沒打過來，也沒有甜甜圈，又再講，清朝的台灣沒人在排隊的啦。

　　阿才下。

邱罔舍：唉，無聊到想要撞壁……

邱罔舍走到一個木架前，正想掀開黑色布罩時，阿才上。

阿才：少爺，外口有一個看起來好像是秀才的人求見。

邱罔舍：秀才？恁爸不認字又兼不衛生，哪有秀才要找我？

阿才：要見嗎？

邱罔舍：橫豎我需要消遣，請他進來。

阿才：是。

阿才甫下，便又帶著師爺上。師爺老氣橫秋，說話有禮，卻有讀書人的酸味。

阿才：請。

師爺：邱員外，來你家給你攪擾真歹勢。在下姓許，名文哲，是知縣的幕賓。

邱罔舍：原來是師爺，失敬，失敬。請入。

阿才下。

師爺：多謝員外。

邱罔舍：不知師爺有什麼請教？

師爺：請教不敢。身為知縣大人的顧問，我每日在想的就是要怎麼做才能讓我們這個所在更加繁榮。

邱罔舍：足感心的，師爺每日想坑想旁就是要替地方服務。

師爺：「想坑想旁」不是這樣用的。

邱罔舍：歹勢，我冊讀不多，講話黑白來。

師爺：員外客氣了。代誌是這樣的，你也知道咱們縣裡的北面靠三寮

溪那邊，若是落雨就會淹大水，為了保障農民的安全和他們財產，應該要做一個堤防。

邱罔舍：凍下。

師爺：啊？

邱罔舍：免再講下去。

師爺：是安怎？

邱罔舍：那個堤防自前三任的知縣就開始講，講了十幾年還沒有一個影。

師爺：但是現在的知縣不同，他真的有心要做建設，也希望地方像你這款的人才有錢的出錢，有力的出力。

邱罔舍：師爺，大家都知道，朝廷派來的官員每三年輪一次，做完就回去唐山，一回去馬上升官，這款的制度要講建設台灣是騙人的。官字兩個口，胃口兩倍大，左手要提，右手要捎，人在講衙門八字開，沒錢不用來，就是這個意思。

師爺：員外，講話不用那麼歹聽。

邱罔舍：我講的是事實。不僅官員貪汙，朝廷也在搶錢。不管是種菜、抓魚、開店、起厝，還是你想得到的死人骨頭攏總要交稅，總有一天恁爸連喘氣也要付錢。

師爺：員外的意思是？

邱罔舍：我一仙五兩也不出。

師爺：既然員外講話這麼直，我也直話直說。我今天來是一番好意。知縣大人的意思是大家互相，你若是跟朝廷合作，以後大人也會給你好處。

邱罔舍：好處就免了，我要是犯法盡量來給我抓。

師爺：你雖然守法，但名聲也沒多好。大家都叫你邱罔舍，因為你家財萬貫，有錢有閒，但是沒看過你做過一件善事，只會把你的

錢用在創治別人。我聽說你有一次過年的時陣，騙一些囝仔穿麻戴孝回去跟他們爸母拜年，還有一次你戲弄幾個青盲的算命仙。你誰都要招惹，連剃頭的、賣雞蛋的都不放過。我問你，這有什麼意義？

邱罔舍：我這世人沒陷害過任何人，被我戲弄的那些人都是自己有問題。

師爺：在老夫看來，你的騙術一點也不高明。那些給你騙去的都是冊讀不多的百姓，有的是憨直，有的是虛榮，有的是貪心，才會你叫他們做狗他們就吠幾聲，叫他們做猴裝孝維，他們就如起乩同款。像我這種身分、這款智識的人，你來騙騙看。我告訴你，你那些低路的步數還沒出招，老夫免用眼睛看，用嗅的也嗅的出來。

聽聞師爺如此自信，邱罔舍心生一計，邊說邊走向木架。這是十九世紀的照相機，有鏡頭、箱子、三腳架。平時，以一塊布將它罩住。這場戲之後，照相機一直在場上，只是位置有變。

邱罔舍：依你秀才之尊，我邱罔舍是俗辣，哪敢捉弄師爺。像我這款粗魯的生理人有淡薄錢只會買一些沒路用又貴聳聳的物件來把玩。

邱罔舍掀開布，師爺一看，不敢相信自己的眼睛。

師爺：這是……這是攝相機？你怎麼會有這個？

邱罔舍：我朋友從日本替我買的，全台灣只有這台。

師爺：我去上海參加會考的時候看過一次，聽說你只要站在它頭前，

不知是哪裡拉一下——

邱罔舍：這裡。

師爺：它就會把你的影像攝起來在一張——

邱罔舍：底片。底片還是咱們台灣出產的樟腦做的。

師爺：正經的？

邱罔舍：正港的。

師爺：後來呢？

邱罔舍：底片提去暗房用藥水洗一下，相片就完成了。

師爺：太神奇了。

邱罔舍：它叫卡美拉。

師爺：太神奇了，卡美拉。

邱罔舍：有興趣沒，師爺，我替你攝一張。

師爺：我？可以嗎？

邱罔舍：當然是可以。像這款貴重的物件就是要用在像你這款貴重的
　　　　　人物。我替你攝，攝好了你拿回去放在家裡，保證看到的人
　　　　　會欣羨死，好嗎？

師爺：好啊，好啊。

邱罔舍：我跟你講，你站在這裡。

師爺：好。

邱罔舍：站好，不要動。

師爺：我沒動。

邱罔舍：嗯，不行。

師爺：安怎？

邱罔舍：有點單調。難得攝相打扮要特別一點。我告訴你，你把這個
　　　　　戴在頭上，上面插一支香蕉。

師爺完全任他擺布。

師爺：這樣可以嗎？

邱罔舍：可以。但是……

師爺：安怎？

邱罔舍：但是這相片是黑白的，你那領衫全身褐色的，這樣恐怕攝不
　　　　　清楚。

師爺：我可以把它脫掉，內衣內褲都是白的。

　　師爺脫掉外衫。

邱罔舍：這樣很好。我要攝了喔，稍等，你肖啥？

師爺：肖猴。

邱罔舍：為了要卡生動，你做一些猴山的姿勢給我看。

師爺：這樣？

邱罔舍：不好。

師爺：這樣？

邱罔舍：很好。不要動，我要攝了。

　　邱罔舍作勢要拉下快門時，阿才走進來。

阿才：少爺，那個攝相機敢是還沒裝底片？

邱罔舍：對喔，我怎會忘記。

　　這時師爺發現他上當了，臉色慘白，氣得全身顫抖，把頭上的東
西摔在地上。

師爺：什麼？沒裝底片？

邱罔舍：當然。若是有恁爸早就自拍了。

師爺：好啊，你這個。

邱罔舍：你不是說我還沒出招你就嗅出來？你不是說我不可能叫你做
猴山莊孝維？

師爺：那是我一時不察，看到攝相機，為了科學的興趣才被你騙去。

邱罔舍：你們讀冊人都是藉口一大堆嗎？

師爺：不然我們來發誓博一個輸贏，你敢嗎？

邱罔舍：哪有不敢的？

師爺：咱們來發誓，三天以內，你要再一次把我騙了，我就包仔款款
的回去廈門，從此不再踏上這個鳥兒不放屎的鬼島。

邱罔舍：可以。

師爺：那你呢？

邱罔舍：我若是輸，沒騙到你，你要我安怎隨你講。

師爺：將你全部的財產充公這你敢嗎？

阿才：少爺？

邱罔舍：沒問題。

阿才：少爺，你全部的財產呢，這樣哪有公平？

邱罔舍：當然不公平，我要贏他太簡單了。

師爺：一言為定。

邱罔舍：一言為定。

　　兩人看著師爺穿著內衣褲憤怒地邁出門。不久，師爺慢慢走回，
面色尷尬，拿起外衫，拎在手裡，故做沉著狀，體面地走出去。

場一　一粒番麥的緣分

　　街頭。

　　賣玉蜀黍的推著攤子上。

　　突然，從一側衝出四五人，各各拿著武器如鋤頭、鐮刀、菜刀、竹竿，似乎在找仇家。這批人眼看找不到人迅速離去，番麥兄見怪不怪開始做買賣。

　　邱罔舍和阿才走來。

番麥兄：來喔，來買番麥。

邱罔舍：這番麥安怎？

番麥兄：好食。

邱罔舍：有甜嗎？

番麥兄：足甜的，我賣的番麥上甜。

邱罔舍：你這番麥為什麼是黃的？一般敢不是白的嗎？

番麥兄：我特別種的。

邱罔舍：我不愛食太甜的番麥。

番麥兄：沒啦，我的番麥沒多甜啦。

邱罔舍：我愛淡淡香香的。

番麥兄：真剛好，我的番麥就是淡淡香香的。

邱罔舍：到底是有甜還是不甜？

番麥兄：不甜。

邱罔舍：真的？要是沒甜我給你多賞幾個。

番麥兄：若是甜的不但免錢，我還倒貼。

邱罔舍：你講的喔。

番麥兄：我講的。

邱罔舍：好，來一袋。

　　兩人交易。

番麥兄：多謝。

　　一名男子走來。

阿才：少爺，咱來去。

邱罔舍：稍等，我要看他安怎賣。

番麥兄：來喔，來買番麥。

男子：有甜沒？

番麥兄：有甜。

邱罔舍：嗯？

番麥兄：啊，沒，沒甜。

男子：到底有甜還是不甜？

番麥兄：沒——沒甜。

男子：沒甜還敢提出來賣？

　　男子憤而離去。從另一側，美玉走來。

番麥兄：借問一下，你還站在這裡要做啥？

邱罔舍：我要看你做生理，你要是跟人講番麥是甜的你就要倒貼給我。

美玉：頭家，番麥安怎賣？

番麥兄：俗俗賣啦。

美玉：有甜沒？

番麥兄：這……這……

美玉：我問你番麥有甜沒，你叫我姐姐做啥？到底是有甜還是沒甜？

番麥兄：沒——甜，但是很好食。

美玉：沒甜哪會好食？

邱罔舍：這位小姐，這妳就不懂了。

美玉：借問我熟識你否？男女授受不親，你沒代沒誌跟我講話做啥？

邱罔舍：妳也跟這個查埔人講話。

美玉：因為我要跟他買番麥。

邱罔舍：我也可以賣妳番麥。

美玉：我為什麼不跟他買要跟你買？

邱罔舍：因為他的番麥沒甜，我的番麥很甜。

番麥兄：喂，他的番麥是跟我買的，哪有說他的甜我的不甜？

邱罔舍：不然，請你跟小姐老實講，你的番麥到底是甜還是沒甜？

番麥兄：這……這……

美玉：唉唷，你又叫我姐姐做啥啦？透早就遇到兩個肖仔，一個半路
　　　認姐姐，一位有錢的員外要賣我番麥。

　　這時一對年輕男女狼狼地衝過來。男的是漳州人滷麵，女的是泉
州人阿珠，兩人看到美玉好像看到救星似的。

阿珠：美玉表姊！

美玉：阿珠，發生什麼代誌？妳怎麼會在這？是安怎面色青筍筍？（指
　　　著滷麵）他是誰？

阿珠：他是滷麵。

美玉：哪有這款名？（轉頭問滷麵）你叫做滷麵？

滷麵：歐！

美玉：滷麵？

滷麵：歐！

邱罔舍：少年的，你是叫滷麵，還是滷麵歐？

滷麵：我自細漢就愛吃滷麵，人若是講到滷麵我就會歐一聲。

美玉：阿珠，你和滷麵歐什麼關係，哪會在街頭手牽手？

阿珠：唉，講起來話頭長，後面還有人在追我們……

阿才：用唱的卡緊。

　　配樂上。

　　先是一段哭調前奏曲。阿珠擺好姿勢，哭喪著臉，準備開唱。

阿珠：「三拜梁哥哭和啼，梁兄為我病相思」——

　　她才起頭就被阿才打斷。

阿才：歹勢，咱們這不唱哭調仔。

阿珠：沒哭調仔？

阿才：對，今晚沒哭調仔。拜託妳快樂地唱出妳的悲傷。

阿珠：好，我試看看。

阿才：粥在滾。

阿珠：什麼？粥，滾了？

阿才：英文聽沒喔？粥在滾就是 very good。可以開始沒？

阿珠：可以。

阿才：Music please!

音樂起。

以下阿珠與滷麵用唱的，其他人的反應用說的。

兩人：伊愛我，我愛伊

邱罔舍：現在的少年真敢。

阿珠：阿珠沒滷麵不活

滷麵：滷麵沒阿珠會死

邱罔舍：（普通話）真肉麻。

　　美玉打他一下，要他別吵。

阿珠：滷麵

滷麵：歐

阿珠：滷麵

滷麵：歐

阿珠：阿珠

滷麵：是我的

阿珠：阿珠你的

　　　　阿珠你的

阿才：一個滷麵歐，一個阿珠你的，這個故事好像哪裡聽過。

阿珠：兩人一見鍾情 再見山盟海誓

　　　　但是家族來作梗

美玉：為什麼？

阿珠：因為咱們家是泉州人

滷麵：因為我們家是漳州人

兩人：兩家因嫌隙從此不相往來

　　　見面就會相打

美玉：唉，這我知。我自己也是受此所害。

邱罔舍：妳也有愛人被拆散？

美玉：沒你的代誌。

兩人：我們決定私奔

　　　哪知消息走漏

　　　現在

　　　他們要抓阿珠回去

　　　他們要把滷麵打死

　　　歌唱結束。追兵的喧鬧聲從遠處傳來。

阿珠：他們來了。這廂要安怎？

美玉：趕緊，來我家匿一下。不行，他們一定會找到我家去。噴，這
　　　要怎樣才好……

阿才：可以匿在我們少爺那。

邱罔舍：阿才！

阿才：哪有要緊，少爺，你的厝那麼闊，差沒他們幾個。

邱罔舍：但是我一個人住慣習了。

美玉：阿珠，我們來去，不要給別人為難。

　　　追兵的聲音更近了。

阿才：少爺，你不能見死不救啦。

邱罔舍：好啦，阿才，你趕緊把他們帶回去。

阿才：少爺你呢？

邱罔舍：我來應付那些痟狗。緊去！

　　美玉等人下。

邱罔舍：（對著番麥兄）等一下他們來，你站在哪一邊？愛情這邊，
　　　　還是冤仇這邊？

番麥兄：我站番麥這邊。

　　邱罔舍掏出銀票。

邱罔舍：再問一次，你站哪一邊？

番麥兄：愛情。

邱罔舍：很好。待會你要注意我的動作，我若是右手摸頭毛，你就要
　　　　說，「頭家，船快要開了」，我要是左手摸頭毛，你要說，
　　　　「頭家，錢給人賺啦，轉來去唐山要緊啦」聽有否？

番麥兄：（喃喃複誦）聽有。

邱罔舍：他們來了，交給我。

　　泉州家丁上，先狐疑地看著番麥兄和邱罔舍，然後準備往美玉離
去的方向衝去，但被邱罔舍擋住。

邱罔舍：歹勢。

家丁甲：閃啦！

邱罔舍：（喃喃自語）我的錢，我的錢了了去了。

家丁乙：什麼錢？

邱罔舍：沒啦，哪有什麼錢？

家丁丙：咱們找人要緊，別跟他囉唆。

邱罔舍：我進口……走私……

家丁甲：走私？你走私什麼物件？

　　　　邱罔舍用右手摸頭。

番麥兄：頭家，船快要開了。

邱罔舍：代誌到這我只能跟你們老實講。你們不要小看我這一攤的番
　　　　麥，它們是從廈門走私過來的。

家丁乙：騙肖，番麥台灣揪饋，還要從廈門進口。

邱罔舍：但是這些正經是從廈門進口過來的。

　　　　邱罔舍用右手摸頭。

番麥兄：頭家，船快要開了。

邱罔舍：你們聽過台灣縣知縣的師爺沒？他叫做許文哲。

家丁丙：許師爺我知。

邱罔舍：這些番麥就是他「注文」的。他尬意唐山的番麥，講台灣的
　　　　都沒甜，寫信叫我從廈門幫他運過來，講難聽一點就是走
　　　　私——

番麥兄：頭家，船快要開了。

　　　邱罔舍沒摸頭，番麥兄卻自己搞即興，破壞他的節奏。邱罔舍停
下來，回頭瞪他一眼。番麥兄縮頭，表示歉意。

家丁甲：到底安怎嘛緊講。

邱罔舍：師爺講，我若是將這些番麥送到他家，他會給我一兩銀子。

家丁乙：一兩銀！為了這些番麥？

邱罔舍：是啊，我想這生理可以做，才會冒險走私來到台灣。但是，
　　　　我回去的船快要開了，剛才走不對路，找不到師爺他厝。

家丁甲：我們可以替你拿給他。

邱罔舍：但是……

　　　邱罔舍用左手摸頭。

番麥兄：頭家，錢給人賺啦，轉來去唐山要緊啦。

邱罔舍：但是，這番麥本身雖然不值錢，但是我開的索費，我辛辛苦
　　　　苦坐船喝海水——

家丁乙：你講師爺會給你一兩銀？

邱罔舍：沒錯。

家丁甲：這樣吧，我們替你送去給師爺。我們身軀的錢湊湊，加減補
　　　　償你的損失。

邱罔舍：但是……

　　　邱罔舍用左手摸頭。

番麥兄：頭家，錢給人賺啦，轉來去唐山要緊啦。

家丁甲：我們湊湊有三百文，這樣可以嗎？

邱罔舍：（邊說邊摸頭）這樣哪有夠？

番麥兄：有夠啦，錢給人賺啦。

邱罔舍：好啦，好啦。（拿錢）你們是好人，好人一定有好報。這番

麥就交給你們。

家丁們喜孜孜地拿走玉蜀黍，急著離開現場。

邱罔舍：要記得跟師爺拿一兩銀子喔。

家丁們下。

番麥兄：師父，受徒弟一拜。
邱罔舍：錢給你。過幾天，我送你一台新的攤子。
番麥兄：免送了啊，這些錢夠我買十台。

場二　孤男寡女

邱罔舍家。

邱罔舍和美玉背對著觀眾，看著阿才領著阿珠與滷麵回房睡覺。
阿才先帶著阿珠往東廂，滷麵也跟在後頭，三人消失於右側。

沒多久，阿才領著滷麵又出現。

阿才：你以為今晚是洞房花燭夜嗎？你今晚睏那邊。

阿才領著滷麵往西廂，消失於左側。

邱罔舍和美玉看著這一切，不禁莞爾，兩人相視，又有點尷尬，
正要開口時，阿才又出現了。

阿才：少爺，兩人都安排好了。還有什麼吩咐嗎？

邱罔舍：沒，你先去休睏。

阿才：是。（走沒幾步又回頭）少爺，美玉小姐，今晚月色很好，你
　　　們倆慢慢開講，多講幾句。

邱罔舍：去睏啦，我們要講幾句沒你的代誌。

阿才：是。

　　　孤男寡女又一陣尷尬，邱罔舍突然振作。

邱罔舍：這樣不行。

美玉：啊？你是講孤男寡女……

邱罔舍：我不在管那些。我講不行是因為，我有代誌要問妳，但是因
　　　為妳是查某，我就吞吞吐吐、歹勢起來，好像沒見過世面的
　　　少年家，這不是我的作風，我很早以前就看破男女感情的代
　　　誌了。

美玉：其實，我也很早就看破了。你可以把我當作查埔。

邱罔舍：好，這個兄弟，妳為什麼看破感情？

　　　美玉和邱罔舍談話時，後面有一段默劇：滷麵偷偷從西廂溜到東
廂想找阿珠溫存。不久，已經脫掉外衣的滷麵被阿才逮住，捏著他的
耳朵，帶回西廂。

美玉：這本來是我自己的往事，沒必要講出來讓你笑詼，但是它跟阿
　　　珠的代誌關係，我就跟你說了。幾年前，我和阿珠同款年紀的
　　　時陣，愛上一個少年家，但是他是漳州來的。你想而知，雙方

父母都反對。

邱罔舍：唉。

美玉：後來，我們兩個計畫私奔，就像阿珠跟滷麵今天同款，哪知道相約逃走的那一天，我一個人來到碼頭卻沒看到他來——

邱罔舍：這個俗辣。

美玉：過沒幾天，我就聽說那個俗辣娶了別的查某。

邱罔舍：啊？這麼無情。

美玉：應該不是無情，我想是厝內逼的。有時候，代誌要倒過來看。

邱罔舍：安怎講？

美玉：跟這款查埔結婚敢會快樂？

邱罔舍：沒錯。那個俗辣住哪？恁爸代表兄弟來去——

美玉：給他創治？

邱罔舍：啊？

美玉：剛才阿才跟我講你的名，我才知道原來你就是四界在傳的邱罔舍。以前聽到你的故事時，我想說你一定是心肝不好、寂寞、怨恨這個世間的老人。今天認識，才知道你一點也不老，人也不歹。

邱罔舍：我不在管好人還是歹人，對我來講，每一個人都有兩面，一面道貌岸然，一面鬼鬼祟祟。沒代誌的時陣，大家都會看場面講話，什麼忠孝節義都講得出口，但是正經考驗的時陣所有的原則、所有的理智就全忘了。

美玉：你以前一定受到很大的委屈。

邱罔舍：別講我的代誌。阿珠和滷麵他們倆妳有什麼打算？

美玉：明天早上我將他們兩個帶回去，順便向我阿舅求情。

邱罔舍：這樣敢會有效？

美玉：沒效也要試試看。他們兩家不合已經鬧得太久了，又不是什麼

深仇大恨，不過是為了雞毛的代誌兩邊見面就要相殺，實在是一點道理也沒。

邱罔舍：人就是專門做一些沒道理的代誌。

美玉：這樣也好，我也好久沒回到大水庄了。

邱罔舍：大水庄？

美玉：安怎？

邱罔舍：沒，我——我只是聽過。

美玉：你有安怎否？臉色變那麼白。

邱罔舍：沒，我沒代誌。應該是累了。

美玉：我也該回去了，一切拜託。今天多謝你。

美玉下。阿才上。

阿才：（對著觀眾說話）講到愛情，以前和現在都同款：還沒買票就想上車，就像 Christmas 還沒到就想要開禮物。（注意到邱罔舍）少爺，你怎麼還沒睏？

邱罔舍：有這麼剛好的代誌？

阿才：什麼剛好？

邱罔舍：他們都是從大水庄來的。

阿才：哇！

邱罔舍：當初就是因為我老爸太過信任朋友，才為會了那樁代誌被趕出大水庄，害他晚年鬱卒終日，最後破病往生。

阿才：為了這件代誌，你未婚妻她家還解除婚約，害你從此不相信任何查某，到現在還無某無子。

邱罔舍：這我早就看破了。這是不是天意？我原本心如止水，對報仇一點興趣也沒。今天這件代誌給我遇上了，我不摻一腳給它

亂一下豈不辜負了天賜的機會？

阿才：少爺，千萬不可，你這樣會辜負美玉小姐對你的信任。

邱罔舍：信任值什麼錢？她看起來是好人，但有幾個好人經得起考驗。何況我和她非親非故，才認識一天，我什麼也沒虧欠她。

阿才：少爺，拜託你不要這樣啦。

邱罔舍：免囉唆，趕緊去準備。等一下趁天還沒亮就帶阿珠和滷麵去別處，先把他們藏起來。

阿才：少爺，你有什麼打算？

邱罔舍：到時再講，我只知道我要來好好給它亂一下。明天，我們要回去大水庄。

邱罔舍下。

阿才：（對著觀眾）奇怪，這齣戲搬到現在，忽然間好像變成《王子復仇記》。

場三　白賊七

師爺家。

舞台旁可見先前的玉蜀黍攤。

師爺在家裡踱步，公差用一條繩子拉白賊七上。

公差：報告師爺，白賊七帶到。

師爺：好，給他鬆綁。

公差照做之後，下。

師爺：白賊七。

白賊七：師爺。

師爺：你知道我為什麼要放你出來否？

白賊七：因為小的是被人冤枉的。

師爺：冤枉一塊轟啦。白賊七，連我你也敢唬爛嗎？

白賊七：小的不敢，請師爺指點。

師爺：我要你做我的軍師。

白賊七：軍師？

師爺：你可知邱罔舍這塊？

白賊七：我知。

師爺：他是你的朋友？

白賊七：不是，是我的心頭石、眼中釘。

師爺：安怎講？

白賊七：因為兩個理由。

師爺：你講。

白賊七：第一，有人說那個邱罔舍的騙術比我還高明，這是不可能的代誌，哪天讓我跟他拼輸贏，我一定把他騙得東倒西歪不知道南北。

師爺：第二呢？

白賊七：第二，邱罔舍破壞我們騙子的行情。

師爺：安怎講？

白賊七：Pro 的騙子是為了騙吃，但是那塊只會損人不利己，有時候為了一時爽快還會倒貼，這完全違背了騙子的原則。

師爺：你現在講的是老實話，還是豪洨？

白賊七：師爺，我這個騙子很簡單，你若是給我好處，我就為你效勞，絕對跟你講實話。

師爺：這樣好。我給你講。

師爺湊在白賊七耳朵旁耳語一番。

白賊七：哇，這款的豪賭有夠刺激的。但是我要先恭喜師爺。

師爺：為什麼？

白賊七：你穩贏的啦。

師爺：安怎講？

白賊七：師爺只要在期限之內不要輕舉妄動，甚至不要出門，無論發生什麼代誌你都不動如山，如此一來不管那個邱罔舍變什麼蚊也騙不到你。

師爺：我原本也是這樣想。自從跟他約束之後，我就跟知縣大人請假，每日足不出戶，有人在外口叫賣我最愛食的豬血糕我也忍住沒出去買，我想說這樣一定萬無一失，哪知道，昨天有一些夢算仔推著一攤番麥騙我講是廈門進口來的，還要向我提一兩銀子。

白賊七：一定是邱罔舍的把戲。

師爺：我不給他們錢，他們竟然把番麥倒得我全身軀。

白賊七走到師爺身旁，從他衣服、頭髮上拿幾粒玉米來吃。

師爺：唐山人在講「躺著也能中槍」就是這個情形。

白賊七：這番麥黃的呢。有甜。

師爺：你不怕它有摻老鼠藥吃了烙賽？

　　白賊七吐出嘴裡的玉米，噴得師爺滿臉都是。

白賊七：歹勢，師爺。
師爺：你可以專心一點嗎？
白賊七：是。
師爺：我在想，與其按兵不動等著出代誌，還不如主動出擊，明察暗
　　　　訪，不但要知道他在計畫什麼，還要想出反擊的對策。咱們現
　　　　在出發。

場四　設計

　　大水庄廣場。

　　兩對人馬，一隊拿著繡著「漳」字的旗子，另一隊拿著繡著「泉」
字的旗子，相互對陣。一陣舞步後，各據舞台左右邊。

花枝：青啥？
肉丸：看啥？柴箆。
花枝：你吃屎不知臭。
漳隊頭：拜拜囉。
漳隊：拜拜用啥物？
漳隊頭：泉豬提來拜
漳隊：泉狗沒人愛

泉隊頭：緊咧緊咧。

泉隊：緊啥？

泉隊頭：漳豬排過來

泉隊：漳羊排過去

　　雙方互挑釁。

泉隊：汝有樓無梯，欠梯（thui / 揆）。

花枝：你三好加一好，死好。

泉隊：恁這陣路傍屍，腳骨大小肢，放尿會牽絲。

漳隊：恁遮帶衰的，靠山山崩，靠壁壁倒，靠豬寮死豬母，靠大兄死大嫂。

肉丸：恁有毛吃到棕簑，沒毛吃到秤錘；二腳吃到樓梯，四腳吃到桌櫃；有肉吃到肉臊，無肉吃到垃圾。

花枝：恁扁擔腳，鴨母蹄，戽斗兼暴牙，雞看打咯雞，狗看吹狗螺，蟳看噴涎，蝦看倒彈，虱目魚看跳過岸，阿婆看到呸嘴涎。

　　雙方對罵之間，有進有退，互不相讓。

泉隊：汝來。

漳隊：你來。

泉隊：汝來來來。

漳隊：你來來來。

　　前奏上。

　　阿才擔任司儀。

阿才：各位觀眾，歡迎收看第三十七屆漳泉械鬥全島現場直播，現在進行的節目是嗆聲比賽。一邊是漳州，一邊是泉州。兩邊準備好沒？

眾人：好了！

阿才：來，大聲給它嗆落去，嗆到未來沒沒去。

看啥

（漳隊）

看啥？看啥？不驚沒性命？
泉州人沒一塊好 若想到恁爸就要咒
鼻子末末眼睛突突 講話給人聽沒
咱們講 deヽ（短） 他們講 derヽ
大家在食 ge（雞） 他們偏偏要食 gue
我這在ㄙㄟㄕㄚ（洗衫） 他挑工要ㄙㄨㄟㄕㄚ
給他衰給他衰衰衰

（泉隊）

看啥？看啥？再看就沒性命
漳州人沒一個善良 一個比一個膨風
短腳短手嘴角歪歪 講話真正憨憨
咱們講 gun（斤） 他們講 gin
恁爸在飼 du（豬） 那塊偏偏要飼 di
我這在ㄒㄧㄚㄆㄨㄟ（寫信） 他挑工要ㄒㄧㄚㄆㄟ
我呸我呸我呸呸呸

（一起）

看啥？看啥？不驚沒性命？

看啥？看啥？再看就沒性命

看啥？看啥？不驚沒性命？

看啥？看啥？再看就沒性命

　　音樂停。雙方對峙，泉隊帶頭的是阿珠的爸爸，叫肉丸；漳隊帶頭的是滷麵的媽媽，叫花枝。

肉丸：姓陳的，你們的滷麵把我的阿珠藏到哪裡？妳要是不馬上交出來，恁爸肉丸今天跟妳沒收煞。

花枝：騙肖仔，恁祖嬤陳花枝才沒在驚你。我問你，你們的阿珠給我的滷麵拐去了哪裡？

肉丸：哼，妳打人的喊救命黑白講，一個男子漢也會被查某囝仔拐？

花枝：我們滷麵天真善良，要不是遇到狐狸精哪會半夜不歸到現在還找沒人？

肉丸：好啊，妳敢罵我的女兒狐狸精，我今天要給妳斷手斷腳，又用牛屎糊妳的嘴。

　　兩隊開始拚鬥，兩支旗子穿梭期間。突然，邱罔舍領著拿著「邱」字旗子的阿才加入混戰。一陣混亂之後：

肉丸：你們是誰？

花枝：稍等，大家凍著。

幾隊人馬終於分開，各據一方。邱罔舍和阿才在中央。

花枝：借問一下，你們到底是哪裡來的？

肉丸：是啊，我們兩家在冤家，給你們有啥關係？

邱罔舍：我們是邱家軍，有看到後面的百外人沒？

花枝：我們跟你們姓邱的有什麼冤仇否？

邱罔舍：相打需要什麼冤仇？人講輸人不輸陣，我們這個邱家軍成立
　　　　的目的就是只要看人在相打，我們跟著打下去。

肉丸：你們是痟仔嗎？

邱罔舍：不然你們有什麼冤仇？

肉丸：冤仇多了，這要從何講起。

花枝：從我老爸那一代講起。

肉丸：不呢，這得要從我老爸的老爸那一代講起。

邱罔舍：要不要從老祖出生開天講起？我請你們跟我講一件就好？

肉丸：我的查某囡仔愛上他的兒子。

花枝：我的查埔囡仔煞到他的查某囡仔。

邱罔舍：兩情相悅不是很好嗎？

肉丸：賣屎。

花枝：絕對賣屎。

邱罔舍：三八里囉格，賣屎已經沒出息了，絕對賣屎是絕對沒出息。
　　　　借問一下，為什麼賣屎？

肉丸：我們兩家有仇。

花枝：這不是講過了嗎？

邱罔舍：什麼冤仇？

肉丸：冤仇多了，這要從何講起。

花枝：從我老爸那一代講起。

肉丸：不呢，這得要從我老爸的老爸那一代講起。喂，這也講過了啊。

花枝：沒啊，你是來亂的是否？

邱罔舍：我不是來亂的，我來為你們解決問題。

肉丸：你有什麼資格？

花枝：是啊。

邱罔舍：你們兩個的孩子在我手頭。

肉丸：啊？

花枝：啊？這是綁票。

邱罔舍：哪有綁票？他們很自由，要回來隨時可以自己回來。

花枝：他們現在在哪？

邱罔舍：在哪只有我知道。我告訴你們，我給他們一筆索費，還為他們安排，明天這個時陣他們就會作陣坐船離開台灣。

肉丸：你為什麼要這樣做？

邱罔舍：因為我相信愛情。

美玉此時衝進來。

美玉：阿舅，你不要被他騙去。他根本就不相信愛情。

肉丸：美玉？

美玉：都是我的不對，把他們兩個交給這個人。本來講好，他會把他們送回來，哪知道……

肉丸：美玉，到底發生什麼代誌？

美玉：（不理阿舅，對著邱罔舍）你這是什麼心理，狠心讓兩個未經世事的少年家離鄉背井，一輩子看不到他們的父母？

邱罔舍：難道留在大水庄讓他們的父母拆散只因為兩家有冤仇日子就比較好過嗎？妳感覺哪一個卡悽慘？

美玉：（一時愣住）你把我搞糊塗了。你到底想要安怎，邱罔舍？

肉丸：啊？他就是邱罔舍？

眾人反應。

花枝：邱仔罔舍，這是我們庄內的代誌，跟你這個外人一點關係也沒。

邱罔舍：妳若聽過我的名聲，就應該知道我最愛扯一些跟我無關的代誌。擱再講，你們確定我和大水庄沒關係？

肉丸：什麼關係？

邱罔舍：你們記得一個叫做阿吉的人嗎？

肉丸：阿吉？

花枝：阿吉？

邱罔舍：他二十幾年前是宏德宮的總幹事。

肉丸：我記得。

花枝：後來發生一件代誌⋯⋯

肉丸：他偷提廟內的香火錢——

邱罔舍：他沒提。但是，大家都講是他提的。

花枝：但是證據——

邱罔舍：有什麼證據？

肉丸：有一個證人，他是——

邱罔舍：他是阿吉換帖的朋友。

花枝：對，那個人對天發誓講錢是阿吉提的。

邱罔舍：這算什麼證據？阿吉也對天發誓，還在神明面前斬雞頭，講他絕對不會貪汙。

肉丸：後來阿吉全家口就不見了敢不是？

邱罔舍：不是不見了，他是給大水庄的人趕出去的。喔，你們都忘記

了？那當時大家不知道該不該相信阿吉，結果逼迫他在神明面前博筊，若是連續三個聖筊就證明他是清白的，若是沒，就代表他講白賊。結果呢，第一個聖筊，第二個聖筊，但是第三個……

花枝：神明講話了，這就沒話講了。

邱罔舍：神明講話會這麼簡單？我問你們，後來那個證人呢？

肉丸：後來，後來，他好像消失得無影無蹤。

邱罔舍：你們不覺得可疑嗎？

肉丸：敢講你——你就是阿吉的……

邱罔舍：沒錯，我就是邱阿吉的後生。

肉丸：你今天是來報仇的？

　　邱罔舍向阿才示意，後者點頭，下。

邱罔舍：我不要殺人也不要害人算什麼報仇？我今天來是顛倒要做一件好事。我要你們兩個坐下來講話，好好地談和。

眾人：啊？

邱罔舍：你們要答應我今後再也不為了利益還是任何原因而兩家相殺，不但如此，你們要答應讓阿珠和滷麵結為連理，從仇家變成親家。若是做得到這步，我就告訴你們他們在哪裡。

　　美玉不敢相信自己的耳朵，覺得錯怪了邱罔舍，肉丸和花枝則面面相覷。

美玉：阿舅，你趕快答應他。這是好事，難道你希望陳家世世代代都和林家見面就冤家相殺？你們不累嗎？

肉丸：（對著花枝）花枝，咱可以借一步講話嗎？
花枝：好，好。

　　肉丸和花枝同時走向一邊。這期間，邱罔舍對著陳家的家丁說話。

邱罔舍：安怎？番麥有拿到錢否？
家丁：哼。
邱罔舍：師爺沒給你一兩銀啊？
美玉：什麼番麥？什麼錢？

　　一邊的肉丸和花枝說話了。

肉丸：姓陳的，現在要安怎妳講。
花枝：姓林的，要安怎你先講。
肉丸：我看——
花枝：（同時）我看——
肉丸：幹，妳不是叫我先講？
花枝：你先問我當然是我先講。
肉丸：好，不然妳先講。
花枝：我看現在先答應這塊痟仔，等団仔找到了再來反悔也來得及。
肉丸：對，我也是這麼想。我一些債還沒跟妳算完呢。
花枝：我才要跟你算債呢。

　　兩人ㄙ哼一聲之後，笑臉迎人地轉向邱罔舍。

肉丸：阮答應妳。

邱罔舍：這麼快？三四代的冤仇沒兩分鐘就化解？

花枝：為了囝仔的幸福，我們願意和解。

邱罔舍：真的？

花枝：真的。

邱罔舍：你們以為我三歲小孩？你們隨便講講，到時找到阿珠和滷麵
　　　　時又把他們拆散。

肉丸：沒啦，怎會？

花枝：絕對不會的啦。

邱罔舍：你們有講老實話或沒我一看就知，算了，你們若是沒誠意，
　　　　我也沒法度。再會。

肉丸：沒啦，邱罔舍，拜託再給我們一次機會。

花枝：對啦，拜託一下。

邱罔舍：好，最後一個機會。

　　　　兩人再度借一步說話。

肉丸：花枝，我跟妳講，看這個扮勢，我感覺……

花枝：對啦，肉丸，我看……咱們就答應他，又再講，陳林兩家以前
　　　　是為了什麼代誌變得水火不容，講實在的，我也有點忘記了。

肉丸：是啊，我也不太得記了。為了阿珠和滷麵，咱們就答應他的要
　　　　求。等這件代誌解決了後，咱們坐下來好好地談談。

花枝：好，到時我送雞。

肉丸：我送保力達B。

　　　　兩人回到人群。

肉丸：阮答應妳。

邱罔舍：這一次是真的？

花枝：真的。

邱罔舍：很好，但是，我要怎麼相信你們？

花枝：我們講話算話。

肉丸：絕對算話。

邱罔舍：口說無憑。

肉丸：我們可以發誓。

花枝：我們可以在神明面前斬雞頭。

邱罔舍：還有呢？

兩人：還有啥？

邱罔舍：要不要博筊？博三次。

兩人：這……

邱罔舍：驚啥？你們若是照你們講的沒講白賊，會怕神明袂成全？

兩人：但是……

邱罔舍：這樣好了，你們若不信任神明——

兩人：沒，沒，我們怎敢不信任神明。

邱罔舍：好，我改一個講法，你們若是不想將命運交給神明，我有一
　　　　個建議。

兩人：什麼建議？

　　　邱罔舍走到前舞台，拍手。

邱罔舍：音樂奏。

綜藝音樂起。

這時已換裝成魔術師助理的阿才推著之前看到的番麥攤出現。接下來，隨著邱罔舍的解釋，阿才以專業助理的體態示範。

邱罔舍：我這裡有一個特別設計的攤仔，就是賣番麥的攤仔，這個蓋子底下放著白番麥和黃番麥。右手邊這有一個按鈕，你若是給它壓一下，它就會彈出一粒番麥。（壓下按鈕，一粒番麥跳出，阿才適時接住，拿給邱罔舍撥開外皮，露出裡面的顏色）你們看，這次是黃色的。（再壓下按鈕，結果如上）這次是白色的。到底要彈出來的是白色的番麥還是黃色的番麥，沒人可以控制的，完全是看運氣。我跟你們講，明天透早大家在這裡見面，肉丸和花枝，你們就用這來博手氣，總共要博三次，每一次壓兩下，若是番麥是一白一黃，我就當作是聖筊，連續三次聖筊我就相信你們的誠意。若是有一次同色，你們這一世人就看不到兒女了。

美玉：荒唐，真正是荒唐。阿珠和滷麵的命運怎麼可以讓番麥來決定。阿舅，你不能答應。

肉丸：不會，我不會答應。我寧願在神明面前博筊。

花枝：我也是。

邱罔舍：不行，在神明面前博筊的不算。

美玉：不算？難道你信這個番麥不信神明？

肉丸：敢講你不尊敬神明？

邱罔舍：我跟你們講，當初大水庄逼我老爸在神明面前博筊證明他的清白，這不只是對他的侮辱，而且也是對神明的大不敬。你們不但在試驗我老爸有老實還是沒老實，你們還好大膽在試驗神明有準還是沒準。不管如何，我已經決定了。阿才，稍

等把蓋子底下的番麥全部拿出來，然後放進三個白番麥，再放進三個黃番麥。放好了，就把蓋仔鎖起來。這個攤仔就放在這裡，阿才會在這徹夜守候，保證不會有人動手腳。

場五　那晚沒人睏得起

舞台正中放著那台番麥攤，一旁有阿才守候著。
邱罔舍上。邱罔舍和阿才談話時，白賊七在暗處偷聽。

邱罔舍：有問題沒？

阿才：沒問題，我站在這沒人敢靠過來。但是，少爺……

邱罔舍：安怎？

阿才：這件代誌……你到底……

邱罔舍：這你免管，我自有打算。

阿才：這一次不像你的作風。以前你總是沒目的地創治人，讓人知道是他們自己笨才會被你戲弄。但是這一次——

邱罔舍：好了，免講了。

阿才：你若是為了報仇，就直接找老大人算帳，何必拿兩個少年家的未來作籌碼？

邱罔舍：阿才，你跟我這麼久，可曾看過我做歹代誌？

阿才：沒。不過，我也沒看過你做好代。

邱罔舍：好啦，你免管，我自有主張。好好看著，我來去休睏。

阿才：我知啦。少爺，你早點睡。

邱罔舍走到一側，跟路邊麵攤老闆要酒喝。

邱罔舍：頭家，提酒來。
頭家：好，隨來。

頭家照做，上了又下。邱罔舍獨飲。
白賊七上。

白賊七：唉，邱罔舍，自己一個人在喝酒啊？
邱罔舍：白賊七？你怎麼會在這？
白賊七：大家都在傳你邱罔舍在這裡發威，我這個好事相的怎麼能不
　　　　　趕來湊鬧熱。
邱罔舍：你不是在坐枷？誰放你出來的？
白賊七：哪有。我「表現優良，提早出獄」。（括弧裡以國語說出）
邱罔舍：我聽你在講白賊。
白賊七：正經的。
邱罔舍：要不要發誓？
白賊七：我發誓。
邱罔舍：白賊七仔，你這世人就是用發誓來騙人的，你以為我會相信。
白賊七：這一次是真的。我發誓，我是來看戲的，不是來亂場的。
邱罔舍：這樣就好。你放出來了，有回去看你阿母沒？
白賊七：當然有。我白賊七雖然五四三常常惹代誌，但是有孝我沒比
　　　　　人卡差。
邱罔舍：這我知，希望你不要再讓你母親為了你的代誌對別人悔失禮。
　　　　　欸，你牙齒怎麼啦？怎麼會黃黃的？
白賊七：敢有？

邱罔舍：有啊。

白賊七：（從牙縫裡挑出番麥屑）喔，是番麥啦。（再塞回嘴裡咀嚼）
講正經的，邱罔舍，明天你有什麼計畫？

邱罔舍：哪有計畫？明天就看他們的手氣了，若真的三個聖筊，我就
把囝仔送回來，若是沒，我就讓囝仔坐船坐到唐山，看他們
曆裡的人要安怎找。

白賊七：我不信，你最愛創治人的，敢講你那個番麥攤仔沒什麼機關。

邱罔舍：哪有什麼機關？這一次我是要為咱老爸報仇的，我哪有心情
去做機關。

白賊七：但是，若是真的沒聖筊，他們兩邊不會放你煞的。

邱罔舍：要拚就來拚，我這有百外人，沒在驚他們的啦。

白賊七：有氣魄，明天我就等著看好戲。

　　白賊七離開，邱罔舍招來阿才。同時，師爺上，和白賊七會合，
看著接下來的發展。

邱罔舍：阿才，我剛才遇到白賊七。

阿才：啊，他也來了。

邱罔舍：他剛才發誓，講他不是來亂的。

阿才：這表示他一定是來亂的。

邱罔舍：沒錯。你要好好看著攤子，不要讓人動手腳。

阿才：是。

邱罔舍：鎖匙呢？

阿才：你放心，藏好了。（下意識地指著自己的鞋底）

邱罔舍：別指啦，你是要全世界都知道你把鎖匙藏在腳底嗎？

阿才：啊？我沒啊，我左腳癢。（下意識地用手隔著鞋子搔癢）

邱罔舍：好了啦，腳不要抬起來。

阿才：沒抬，沒抬。

邱罔舍：阿才，我跟你講，無論如何，今晚不能喝酒。

阿才：我不會。

邱罔舍：大家都知道你不能喝又愛喝，沒幾杯就醉了。

阿才：放心啦，少爺，我早就戒酒了。

　　阿才回到先前的位置。邱罔舍一人獨飲。白賊七和師爺交頭接耳。

白賊七：原來藏在鞋子內。

師爺：還是你厲害。

白賊七：若講騙人，邱罔舍跟我這個 A 咖比是 C 咖。跟師爺報告，邱罔舍這一次沒有要創治人，他一心一意想要報仇。

師爺：意思是？

白賊七：他真的想要讓那個攤子來決定一切。

師爺：完全靠手氣？

白賊七：對。照我博筊的經驗來講，要連續三個聖筊的機率不大。

師爺：真歹講，去年有人在廟裡連續博了十一個聖筊得了冠軍還賺得一台牛車。

白賊七：所以我們要動手腳。

師爺：沒錯，我們動手腳，要讓結果確定是——

白賊七：聖筊。

師爺：（同時）沒聖筊。

白賊七：啊？沒聖筊？

師爺：對，沒聖筊。

白賊七：不對啦，師爺，要確定是聖筊，這樣一來，你就破壞他報仇的計畫，你就贏了啊。

師爺：我才不管他要報什麼仇。重點是，讓它沒聖筊，到時三邊一定會打起來。

白賊七：打起來，大水庄就大亂了，到時知縣大人知道你師爺明明可以阻止卻沒有，他不辦你的罪才怪。

師爺：哈哈哈，講到政治你不懂的還很多呢。台灣人歹管，你給他們警告講不能亂，他們顛倒要亂。三年小反，五年大亂，這俗語不是講假的。好佳在台灣人自己不團結，福佬跟客人鬥，漳州跟泉州鬥，同鄉的要鬥，同宗的也要鬥，甚至同一家口仔自己也能鬥。你給它想想看，若沒這些內鬥，知縣大人暗時怎麼睏得安穩？又再講，現在日本正在打咱，朝廷根本沒那個氣力來管台灣，哪一天台灣人正經團結起來，這代誌就大條了。所以站在官方的立場，地方亂不一定是歹代誌。

白賊七：師爺，受我一拜。

師爺：安麼講？

白賊七：師爺是騙王之王。跟你比起來，我白賊七是 D 咖。

師爺：豬腳？

白賊七：不是啦，是 ABCD 的 D 咖。

兩人分開。

同時，美玉來找邱罔舍。兩人談話期間，照以下順序發生幾件事，以默劇呈現：

一、白賊七帶著酒找上阿才。阿才不敵酒癮，開喝。

二、阿才喝醉，不省人事。白賊七從他左腳鞋底拿出鑰匙。

三、師爺上，手裡拎著一袋番麥。

四、兩人用鑰匙打開袋子，拿出裡面的番麥，再將袋子裡的番麥放進。

五、兩人下。

美玉：我對你很失望。

邱罔舍：對我失望？

美玉：是。

邱罔舍：我聽了很歡喜。

美玉：為什麼？

邱罔舍：沒期望，哪有失望。

美玉：我不是來跟你答嘴鼓的。

邱罔舍：既然妳來了，兄弟，陪我喝一杯。

美玉：喝就喝。

邱罔舍：咱們倆真的要喝一杯。

美玉：為什麼？

邱罔舍：因為咱們倆都是對感情死心的人。乾杯。

美玉：乾杯。阿才有跟我講你和未婚妻的代誌。

邱罔舍：阿才什麼都好，就是多話這點不好。

美玉：你是個奇怪的人。就在我感覺你是一個無聊到底的人的時陣，你做的代誌背後又好像有別的心意；就在我想說你是歹人時，你隨著就變成好人；就在我確定你是好人時，你又馬上變成歹人。變來變去，我看了都累了，你自己不累嗎？

邱罔舍：有淡薄累。

美玉：發生在你老爸身上的代誌實在是不對，但是——

邱罔舍：妳知道最悲慘的代誌是什麼嗎？後來，我們被趕出庄仔了後，

他整個人就變作廢人，每日喝酒，喝到醉茫茫，工作都沒在做，因為不只他的朋友不要再跟他交陪，連他自己的後生，我，也開始懷疑他的清白，不跟他講話，看到他就給他面色看。一直到他往生後，我才了解他的痛苦，我才知道我的不對。沒人會比一個需要看孩兒面色的父母更加絕望的。像我這款人還會怕世間對我失望？

美玉：我知道你的心情，但是，你今天做的是牽拖。那當時敢是我阿舅和滷麵他媽媽逼你阿爸在神明面前博筊的？

邱罔舍：不是。

美玉：所以這跟他們，跟阿珠和滷麵有什麼關係？

邱罔舍：沒關係，但是我就要這麼做。

美玉：這樣我坐在這裡繼續跟你講話喝酒有什麼意義？不只為了大水庄，也為了你這個人，我希望明天是三個聖筊。

邱罔舍：讓天來決定吧。

美玉：不管結果如何，我沒你這個兄弟，以後也不想再看到你。

邱罔舍：敢講妳明天不會出現？

美玉：明知有一個悲劇可能發生，我還有心情去湊熱鬧？

美玉離開，走到廣場，留下惆悵迷惘的邱罔舍。美玉走到番麥攤，看見昏睡的阿才，走過去看看攤子，才要走開時發現有點不對勁。

美玉：咦？

美玉再走近一點。

場六　博筊

廣場。
邱罔舍一人站在番麥攤前。

邱罔舍：天公伯啊，我很少跟你要求什麼，現在站在這裡，誠心誠意
　　　　跟你拜一下，也不知道有什麼資格跟你要求什麼。天光了，
　　　　等一下大家就會瓦過來，趁這個時陣給你交陪一下。我以為
　　　　自己是看透人性、看破感情的查埔囝，但是美玉跟我講她永
　　　　遠不想見到我的時陣，我整個心丟一下，馬上又沉落去，好
　　　　像掐倒的杯仔，就這麼破去了。我給你拜託，不是為了我，
　　　　是為了美玉，等一下博筊的時陣，拜託你保庇有三個聖筊。

主要人士紛紛靠攏，三支旗子也來了。

邱罔舍：大家都到了？
眾人：到了。
邱罔舍：我確定一下。（環視一番）
肉丸：該來的都來了，可以開始了。
花枝：是啊，緊開始緊結束，多等是多痛苦。
邱罔舍：但是，敢無欠人？要點名不？
肉丸：點什麼名啦？你是在等誰啊？
邱罔舍：沒啊，我哪有等誰？
花枝：阿道緊開始啊。
邱罔舍：好，現在就開始。拜拜要燒香，博筊要看時辰，但是咱這種

隨時可以開始。各位鄉親，今天若是用這個箱仔來抽籤，抽到籤的人可以賺一萬兩銀，哇，那個人一定會爽死，嗯，講爽死歹聽，那個人一定會樂透。

某人：樂什麼？

邱罔舍：樂透就是——。

某人：爽死啦。

邱罔舍：多話免講，咱們現在就開始。

師爺：且慢。

　　師爺帶著兩名清兵上。同時，白賊七混入人群。

師爺：你們大家在這裡集會是要做什麼？

邱罔舍：喔，是師爺。我們在這做陣敢有犯法？

師爺：是沒犯法，但是人多的所在較會出代誌，知縣大人派我來給你們監督一下。

肉丸：這沒你的代誌，閃啦。

花枝：對啦，地方的代誌朝廷免來管啦。

師爺：但是根據清朝集會遊行法第二十一條——

肉丸：好啦，管他第二十幾條，你若是要看戲就匀匀站在邊仔免喘氣。

師爺：各位鄉親，你們有所不知，我今天不請自來是因為我要拆穿一個陰謀。

眾人：什麼陰謀？

師爺：邱罔舍的陰謀。

　　一片譁然。

師爺：大家稍安勿躁。我會解釋，但是解釋之前，我要提醒邱罔舍一
　　　樁代誌。

邱罔舍：什麼代誌？

師爺：邱阿罔舍，你可記得你和我之間的約束否？

邱罔舍：當然。

師爺：很好。

眾人：什麼約束？

邱罔舍：好，趁現在說給大家聽。三天前我和師爺約束，他講三天內
　　　　絕對不會被我騙去，若是被我騙去他會包仔款款，回去廈
　　　　門。

師爺：若是他騙沒成功，他會將他的財產全部捐出來。各位，三天喔，
　　　今天就是第三天。

邱罔舍：今天還沒結束呢。歹勢，我們可以開始否？

師爺：還沒，我還沒揭穿你的陰謀。

邱罔舍：什麼陰謀你講。

師爺：各位鄉親，邱罔舍這個番麥攤有問題。他跟你們說，跳出來的
　　　白番麥還是黃番麥一切靠運氣，其實他早就安排好了，等一下
　　　跳出來，我告訴大家，都是白番麥。

　　　眾人反應，尤其肉丸和花枝特別激動。

花枝：邱罔舍，這是真的？

肉丸：原來你真正是為了報仇來的。

師爺：對，他就要天下大亂。各位，好佳在我昨晚得到消息，才會透
　　　早帶著官兵趕來，就是要保護大家的安全。

邱罔舍：你講完沒？

師爺：講完了。

邱罔舍：各位，大家不要聽師爺的胡說，這個番麥攤絕對沒有機關。

肉丸：你敢說沒？恁爸才不信。

花枝：恁祖嬤也不信。

邱罔舍：有沒有機關試試看就知。不然這樣，等一下博筊的時陣，若是跳出來都是白番麥，算我輸，我馬上告訴你們滷麵和阿珠現在在哪。

花枝、肉丸：這樣可以。

師爺：但是，邱罔舍，我們兩人的代誌呢？

邱罔舍：要安怎你講。

師爺：大家在場的都是證人，若是跳出來的都是白番麥，這表示我不但揭穿他的陰謀而且還沒有被他騙去，若是這樣我和他的約束就算邱罔舍輸，他的家產要全部充公。

邱罔舍：嘖……

阿才：少爺，絕對不能答應他。

師爺：安怎？你還要考慮？

邱罔舍：嗯……但是……

師爺：想不到邱阿罔舍也有縮頭烏龜的一天。

邱罔舍：好，我答應你。若真的跳出六個白番麥，真的是天亡我也，我算輸。但是要是沒有呢？可以算你輸嗎？

師爺：沒就沒，表示你沒放機關，表示我的情報有誤，這跟我有沒有被你騙去有什麼關係？

阿才：喔，師爺，你算盤真會算，安怎算你都不會輸。

花枝：好了啦，要開始沒？

　　眾人起閧。

邱罔舍：好，開始。誰要先來？：

　　師爺和清兵退至一旁。

肉丸：Lady first.
花枝：好，我來，但是到時沒聖筊不能怪我喔。
邱罔舍：請。

　　花枝怯懦地走向攤子。

邱罔舍：壓下去。

　　猶豫一陣後，花枝摁下按鈕。一粒番麥跳出來，阿才接住，撥開。

阿才：白番麥。
師爺：哈哈，我就跟你們講，一定是白番麥。
邱罔舍：再壓一次。

　　花枝再次摁下按鈕。

阿才：黃番麥。
邱罔舍：聖筊。
眾人：（同時）聖筊。
師爺：哪這樣？

大夥都很興奮，除了師爺和白賊七。師爺滿臉狐疑地走向白賊七，兩人面面相覷。

阿才：各位看，一個白的，一個黃的，師爺在講白賊。
邱罔舍：第一次聖筊。再來，肉丸，這一次換你。

　　肉丸毫無自信地走向攤子。

花枝：肉丸，免驚。
肉丸：我最近手氣真歹，六合彩一直槓龜。
花枝：沒要緊，我的手給你摸一下。
肉丸：敢可以？
邱罔舍：好了啦，你們都快要變做親家了，還在那邊摸手。開始！

　　肉丸壓第一次。

邱罔舍：黃番麥。

　　肉丸壓第二次。

邱罔舍：白球。聖筊。
眾人：聖筊。
肉丸：哈哈，聖筊。我就知道今天穿紅色的內褲沒不對。
花枝：哇，不知道你還有紅內褲。
肉丸：跟我某借的。
阿才：兩個白的、兩個黃的，師爺你要安怎講？

邱罔舍：最後一次。這一次花枝和肉丸輪流壓一下。

肉丸和花枝變得很有自信，走向攤子。

花枝：我先來。
肉丸：好。

花枝正要壓的時候——隱忍很久的師爺終於按耐不住了。

師爺：凍著。
肉丸：是安怎？
師爺：這個攤子有問題，內底一定有機關。
花枝：師爺，剛才你就說有機關，一定挑出來白番麥，現在跳出來的
　　　　是黃番麥，你又說有機關。
邱罔舍：有什麼機關？
師爺：這⋯⋯這⋯⋯
邱罔舍：莫非你有動過腳手？
師爺：這⋯⋯這⋯⋯
阿才：怎麼一直跳針，一直叫姐姐？

突然，傳來謝金燕的〈姐姐〉。眾人先是一愣，之後便隨著節拍
舞動起來。

跳針跳針跳針跳針跳針跳針跳針跳
跳針跳針跳針跳針跳針跳針跳針跳
咚吱咚吱咚吱咚吱咚吱咚吱咚吱咚吱咚咚 ⋯⋯

不要再叫了 叫我什麼姐姐
海 K 你一拳 你還跟我謝謝
你說 I love you 要跟我 long stay
誰管女神宅男配不配 姐姐

不要再叫了 叫我什麼姐姐
我只是放空 眼神沒有不屑
你說 I love you 不在乎小幾歲
愛死我電趴你的世界界界界
界界界界界界界界 ......
姐姐～

音樂戛然而止，眾人回神。

邱罔舍：師爺，歌也唱了，舞也跳了，你講啊，它到底有什麼問題？

師爺無助地看著白賊七。

邱罔舍：你看白賊七做啥？
白賊七：沒，這件代誌跟我沒關係，番麥不是我換的。
師爺：白賊七！
肉丸：換什麼番麥？
花枝：誰換番麥？
肉丸：白賊七，你要是不講實話，恁爸現在就拿鋤頭給打死。
花枝：對，把這個白賊仔打死，為民除害。

白賊七：你打看看！官兵在這我看你要安怎打？

邱罔舍：各位，不要打他，到他家跟他阿母問一個公道就好。

白賊七：不行，不行，不能找我阿母。

邱罔舍：你要講實話還是不講？

白賊七：好，我講，我講。

師爺：白賊七！

白賊七：昨晚我和師爺偷提到鎖匙，把內底的番麥全都換成白的。

肉丸：你們為什麼要這麼做？

白賊七：師爺講地方亂對朝廷有利。

師爺：你黑白講，我會這樣做只是為了要創治邱罔舍。我要證明給大家看，我不但不會給他騙去，還要騙過他。但是，我們不要轉移焦點，現在的問題是，既然全部都換成白的，為什麼會跳出黃的？剛才邱罔舍跟大家保證，說這個攤子沒有機關，但是明明就是有機關。不管安怎我還是贏，因為我同款沒被他騙去。

邱罔舍：各位證人，是他贏還是我輸，讓大家來決定。我這個攤子沒什麼機關，但是為什麼番麥被偷換了卻完全沒有影響？因為番麥不是從這個蓋子跳出來的。

　　眾人問：不然從哪裡跳出來的？

邱罔舍：從底下，從底下跳出來的。

　　眾人不解。

邱罔舍：你們看看，這個按鈕其實是假的，一點作用也沒。番麥會從底下跳出來，因為，因為底下藏了一個人。

眾人譁然。

邱罔舍：這個人就是我新交的朋友，番麥兄。

邱罔舍從前打開攤子，把人放出來。

邱罔舍：大家看。

沒想到出來的不是番麥兄，竟然是美玉。

眾人：啊？

邱罔舍：（這時才回頭）啊！哪會是妳？

美玉：就是我。我和番麥兄兩人掉包。

邱罔舍：唉，我投降。

美玉：想不到吧？

邱罔舍：我輸妳，輸得心服口服。

肉丸：到底發生什麼代誌？

美玉：這以後再慢慢的講。邱罔舍的設計是，在博筊之前，他說出暗
　　　號，而躲在內底的人就會按照暗號丟出有筊還是沒筊。

花枝：聽起來真複雜。

美玉：重點就是邱罔舍他自己希望是聖杯，因為我聽到他的暗號。

邱罔舍：什麼暗號？這我不承認，我剛才是在跟天公伯開講，哪有什
　　　麼暗號。

師爺想要偷溜。

邱罔舍：師爺慢走，咱們的債還沒算呢。各位，你們講講看，到底誰贏誰輸。

美玉：當然是師爺輸，他想要騙邱罔舍，結果被邱罔舍騙去。

肉丸：這算輸到剩內褲。

花枝：不呢，體面的人怎麼可以只穿內褲。「輸」爺就是「輸」爺，當然得要穿——

眾人：大輸仔。

　　眾人嘲笑師爺時，阿珠和滷麵上，和家人團聚。

肉丸：你們怎麼回來？不是在碼頭嗎？

阿珠：沒啦，爸。我們一直在庄內，是邱員外叫我們先覕起來。

花枝：所以，他原本就沒想要送你們坐船？

滷麵：哪有？坐什麼船？

美玉：原來……

邱罔舍：（對著美玉）這步，妳沒猜到吧？

肉丸：邱罔舍，我誤會你了，但是也被你騙得很慘。

花枝：是啊，大家都被你戲弄了。

肉丸：關於你老爸的代誌……

邱罔舍：過去的代誌就是橋底下水，給它去。

阿才：少爺，這麼歡喜的日子，大家來攝一張相好否？

邱罔舍：好啊，你緊準備。

　　阿才跑去拿照相機，將它搬到前舞台。

邱罔舍：各位，大家來攝相。

大夥反應不一，有些人聽過照相機，有些人未曾。

肉丸：這就是攝相機？我聽過，還沒見過。
花枝：攝相？敢好？聽說給這款機器攝到的人，他的魂魄會沒去一半。
美玉：正經的？
肉丸：聽花枝在亂講，哪有那麼妖魔鬼怪的。
阿才：大家站好了，不要動。
邱罔舍：有底片沒？
阿才：有。不要動喔，一二三。

眾人站定。先前出現的兩名清兵站在後面（或野台上）的兩旁。
阿才拉下拉條，機器發出碰的一聲，冒出煙來。接下來，阿才講話時，兩名清兵轉身換服裝。

阿才：再來一次，這一次大家不要那麼嚴肅，要笑一個。來，大家跟著我說：番麥。
眾人：番麥。

阿才拉下拉條，這回的煙更大了，舞台上一片蒸騰。眾人保持不動。

阿才：花枝不是亂講的，西洋的機器真的是妖魔鬼怪。後來底片洗出來，大家的笑面都攝入來。雖然沒一個人的魂魄減一半，但是講起來你不信，站在後壁那兩個清兵，看起來好像是變作日本兵。

原來，煙霧散去後，兩名清兵在拍第二張時，已經換上日本軍服。

尾聲　顛倒講

美玉坐著，邱罔舍來找她。

邱罔舍：番麥兄仔來找我。

美玉：嗯。

邱罔舍：他講有人要送我番麥。我問他誰要送我番麥，他不講，只給我留一句話。

美玉：哪一句？

邱罔舍：「有時候代誌要顛倒看。」

美玉：什麼意思？

邱罔舍：我熊熊也聽沒，想說，都是我給人出題目，哪有人給我出題目。

美玉：實在是黑白來。但是，這跟我有什麼關係？

邱罔舍：後來我想到了。送我番麥的人是妳。

美玉：安怎講？

邱罔舍：番麥另外有一個名，叫做玉米。玉米顛倒講就是米玉。美玉不是妳是誰？

美玉：敢未太牽強？

邱罔舍：不會。妳不承認嗎？

美玉：不承認。

邱罔舍：妳現在是在顛倒講對否？

美玉：沒啊。

邱罔舍：沒啊就是對啊。

美玉：對啊。

邱罔舍：對啊就對。好，現在開始，咱兩人來顛倒講。

美玉：好，現在開始。

邱罔舍：妳那天講過，不管結果如何，妳都不要再看到我。

美玉：那是顛倒講。

邱罔舍：我就知。稍等，妳現在是顛倒講，還是那當時顛倒講？

美玉：你講呢？

邱罔舍：唉，我一粒頭跟妳講到真不痛。

美玉：若沒痛，我就真疼惜。

邱罔舍：妳有想我嗎？

美玉：有。

邱罔舍：妳有不想我嗎？

美玉：沒。

邱罔舍：妳知道，講到愛情，我心如止水。

美玉：我也是。

邱罔舍：這樣，咱兩人沒未來。

　　停頓。邱罔舍緊張地等著答案。

美玉：咱兩人沒未來。

　　邱罔舍大喜。

邱罔舍：我現在真沒想要把妳攬起來。

美玉：你千萬不要給我攬起來。

　　兩人擁抱。

邱罔舍：講正經的，妳是何時跟番麥兄掉包的？

美玉：你講呢？

邱罔舍：唉，恁爸這廂遇上對手了。

全劇終

衣帽間
（二人獨幕劇）

The Coatroom (A Two-Hander)

| 地點 |

一個假想、名為千竿的過渡型城市

| 人物 |

（由兩位男女演員飾演）

許彬

何琦

館長

藝術家（陳彼得）

總裁

原配

張鳴（總裁兒子）

情婦／夫人

警官

曹昆

劉老太太

健身男

| 舞台 |

位於美術館地下室的衣帽間，面向觀眾席，左前有一櫃台，右前有一組辦公桌椅。正中有一橢圓形、可旋轉的衣架，上面掛著五顏六色的衣帽和其他道具。

燈亮時，背景傳來樓上的音樂。許彬站在櫃台前，盯著一只甕瓿。不久，何琦上，音樂收。何琦看到許彬時僵在原地，後者也嚇了一跳。

何琦：尷尬。

許彬：妳可以掉頭，省下這份尷尬。

何琦：不，我喜歡臨場反應。

許彬：我領教過妳的臨場反應。

何琦：咱們久別重逢，一見面就鬥嘴，好像從來沒分手。

許彬：妳我從來沒真正在一起。

　　沉默。

何琦：原來你躲在兒。

許彬：顯然躲得不夠遠。

　　頓。

何琦：你不想見我我沒意見，但是你為何不乾脆點請假算了，還留下
　　　　一絲見面的機會？

許彬：我是想請假但館長沒批准。人手不足。今天可是大場面。

何琦：這麼大的場面卻委屈你在地下室做管理員。你不是研究員嗎？

許彬：副研究員。我和同事調換。

何琦：就為了不想見到我。

許彬：妳怎麼知道我在這兒？

何琦：我不知道你在這兒，也沒在找你。我早聽說你在美術館任職。
　　　　當初接洽時，我猜想可能會遇到你，但我無所謂，我倆之間的

事沒那麼重要。

許彬：是沒那麼重要，何況咱們多年不見也沒聯絡，保持這樣吧。

何琦：……這些年都好嗎？

許彬：妳真的想寒暄？

何琦：有何不可？這些年都好吧？

許彬：還可以。

何琦：伯父伯母呢？

許彬：還可以。換我了。這些年都好吧？

何琦：還可以。

許彬：曹昆呢？

何琦：我們沒在一起。

許彬：分手了？

何琦：我們從來就沒在一起。我不想談這事兒。

許彬：是妳要寒暄的。

沉默。

何琦：我已經快五年沒回到千竿了。自從父親過世，母親搬回娘家，
　　　我就少了回來的動力。

許彬：是嗎？

何琦：感覺竹子變少了。

許彬：千竿鄉早已是沒有竹林的新興小鎮。對不起，妳要懷舊請自便，
　　　沒必要拖我下水。

何琦：我這不是懷舊，而是觀察。

許彬：觀察？那麼請問這位衣錦還鄉的女士，妳還有什麼深刻的觀察，
　　　除了消失中的竹林？

何琦：到處都在蓋新屋，村子裡的人好像變富有了，但是感覺有點可惜。

許彬：為什麼可惜？因為竹子變少了？對你們觀光客來說，我們這個落後小村身負著守護田園風光、維持原汁原味的重任，如此才能讓飽受汙染的都會時髦男女來這兒呼吸新鮮的空氣，享受後花園的情趣？這些來自都會的遺憾我們聽多了。

何琦：只是閒聊嘛，又沒叫你寫論文。

許彬：我不懂。

何琦：你不懂什麼？

許彬：上面正熱鬧著，妳如果不是來找我，跑來地下室幹麼？

何琦：我來察看這個山寨版衣帽間。

何琦繞著衣帽架走。

許彬：我就知道，當初館長要搞一個衣帽間，我就告訴她恐怕有山寨之嫌——

許彬說話時，何琦隱沒於衣架後方，等她再出現時肩上已披著一件公務員外套，搖身變成美術館館長。同時，許彬也順手拿一個道具，變成了藝術家。

館長：彼得先生，咱們千竿能夠成為您世界巡迴展的最後一站，實在是深感榮幸。

藝術家：不敢當，館長。榮幸都是我的，何況千竿是我的出生地。

館長：像您這麼一位國際知名的藝術家還惦記著家鄉實在難得。

藝術家：這是基本的。

館長：是啊，飲水思源真的很重要。我們所有布置都按照您寄來的圖樣，還滿意吧？

藝術家：很好，很滿意，謝謝館長。

館長：您這種互動藝術挺有意思的。就拿前面這個來說吧，您設計了一個平台，上面布置幾個方桌，每個方桌上呢都擺了一本相簿，裡面是一些人的日常照片，讓有興趣的民眾可以翻閱，甚至可以帶著自己的照片放進相簿裡，和素昧平生的人湊成全家福。

藝術家：是啊，用意就是讓觀眾親近藝術品，不用把藝術看得太神聖。

館長：您看他們這麼投入地看著照片，唉，那傢伙怎麼沒脫鞋就上去了？

藝術家：沒關係，不用太拘泥形式。

館長：喂，那個媽媽怎麼在方桌上幫嬰兒換尿布。

藝術家：沒關係，重點在互動，我提供一個互動的平台，至於互動的形式是自由開放的。

館長：唉唉唉，那傢伙怎麼連相簿都拿走了？

藝術家：沒關——啊？搬走了？這還得了。你們沒有釘死嗎？

館長：有啊，哪來這麼大氣力。您放心，我這就處理。

館長趁轉身時脫掉外套，變回何琦。

何琦：發生什麼事了，彼得？怎麼一陣騷動？

藝術家：有人拿走了相簿，館長過去制止，沒想到那個人不聽勸，反而抱著相簿讓館長滿場追。

何琦：太離譜了吧。

兩人邊看著前方，邊即時報導。

藝術家：保全也加入追逐。

何琦：三人追一個。

藝術家：館長一馬當先。

何琦：巾幗不讓鬚眉。

藝術家：小偷拿相簿當武器。

何琦：困獸之鬥。

藝術家：抓到了。

何琦：館長被相簿絆倒。

藝術家：跌了個狗吃屎。

何琦：一場鬧劇終於結束。

藝術家：或只是序幕。何琦，妳不是說開幕這一天只發貴賓邀請函、
　　　　　不開放給一般民眾嗎？

何琦：沒錯啊。

藝術家：可是這些人……

何琦：相信我，他們都是持有邀請函的貴賓，至於有些人如何拿到邀
　　　　請函的我就不得而知了。

藝術家：我以為都是經過篩選的社會名流。

何琦：這種小地方分不清誰是社會名流、誰是普通老百姓。你別小看
　　　　有些人，他們穿著或許土裡土氣，但是荷包可是頗有深度的。
　　　　有錢的就是名流。你這場展覽是千竿地方上的大事，聽說有人
　　　　收購邀請函再以高價賣出。邀請函變成黃牛票這還是頭一遭。

藝術家：有點不倫不類。

何琦：你等一下，我去招呼那邊。

藝術家信步向前，面對著衣架，開始解說。藝術家講到一半時，館長回來了。

藝術家：這件作品《衣帽間》，靈感來自我看過的好萊塢舊片。在稍微高級的場合都會有個衣帽間，讓賓客寄放衣帽或隨身物，感覺上階級意識濃厚，彷彿沒有華麗的衣服或貴重的物品寄放就代表你不屬於上流社會。所以我想打造沒有階級分野、屬於全人類的衣帽間。你可以寄放任何東西，任何對你個人有意義的物品，即便是破銅爛鐵，一粒小石頭或是一片枯葉。

館長：巧思。我有個驚喜要跟您分享，彼得先生。

藝術家：叫我彼得就好了。

館長：我當初看到寄來的影像，一眼就看中《衣帽間》，覺得這個概念太有意思了，結果我心血來潮在美術館的地下室也打造一個衣帽間。

藝術家：啊？

館長：形狀、大小、顏色一模一樣，差別就在它真的是給人寄放衣帽的衣帽間。

藝術家：這……這不太好吧。

館長：怎麼會呢？一真一假不是挺有意思的？何況，這些年咱們村子變富裕了，我就想讓大夥開開洋葷。今天盛大的場合剛好有機會讓鄉親們穿著他們最體面的衣服，覺得熱了還可以寄放，寄放了還可以領個有號碼的小牌子以資證明，多新鮮啊。

藝術家：怪不得每個貴賓胸前都掛著一張牌子。

館長：這樣才風光啊。

藝術家：可是一模一樣……這涉及版權的問題。

館長：版權沒問題，您放心，展覽結束那衣架就拆了。

藝術家：何琦呢？妳有沒有看到她？

館長：喔，您要找她？我去幫您找。

　　　館長轉身，隨即變成何琦。

何琦：你找我？

藝術家：我這裡走不開，妳趕快到地下室看看。

何琦：看什麼？

藝術家：館長說她在地下室仿造了一個同樣 size 的衣帽間。

何琦：啊，這麼厲害。

藝術家：妳去瞧瞧，要是真的跟我這個一模一樣，妳要向她嚴正抗議，
　　　　叫她馬上拆除，否則我會讓開幕式變成閉幕式。

何琦：沒那麼嚴重，彼得。你放寬心，交給我處理。

藝術家：當初我會選擇隆祥就是因為你們有國際展演的經驗，而且妳
　　　　再三保證，一定會照顧我的作品和我的權益。

何琦：當然。別因為這件小事對隆祥失去信心，何況我們打算跟你長
　　　期合作，不只是這一把，我們還希望和你一起開發 IP，大至
　　　動漫、微電影，小至手機貼圖，讓更多人接觸你的藝術。

藝術家：若能成功當然很好，不過我覺得你們餅畫太大了。

何琦：餅，就是要畫大，關鍵在於如何落實。

藝術家：明天早上妳有空嗎？

何琦：嗯？

藝術家：明天早上趁美術館還沒開之前，我們出去走走。我雖然在這
　　　　裡出生，但這幾年變化太大了，和我中學時候的印象完全搭
　　　　不起來。

何琦：變化真的很大，我才不過離開五年，也幾乎快要認不出來。我不會是稱職的導遊。

藝術家：就走走散散心嘛。

何琦：好的，再說。

藝術家：為什麼我每次約妳就再說？妳在躲我嗎？

何琦換回在跟許彬說話。

何琦：我好像交代太多了。

許彬：恭喜妳，又多了一個愛慕者。

何琦：彼得要我來衣帽間，看看有沒有涉及侵權的問題。

許彬：絕對有。我們是照著原來尺寸一比一做的。

何琦：妳怎麼沒制止館長？這在國外是很嚴重的。

許彬：我人微言輕，館長才懶得理我。不過我得佩服館長的遠見，她事先就大肆宣傳美術館樓下有個模仿好萊塢電影的衣帽間，果不其然，拿到邀請函的鄉親們一進門就往地下室衝刺，爭先恐後地要來寄放東西，有些人還特地從家裡拿貴重物品來寄放，搞得我有點錯亂，以為這個衣帽間才是今天的主題。

兩人繞著衣架走動，指指點點。

何琦：名堂真不少。

許彬：這裡有一件義大利喀什米爾。

何琦：還有貂皮大衣。這八月天誰會穿貂皮大衣？

許彬：這是一位仁兄的德州牛仔帽。他身高一米六五，戴著這頂帽子，加上矮子樂，看起來儼然一米八。

何琦：哇，這裡的包包都是名牌，可以開一家精品屋了。

許彬：最莫名其妙的是這個。（指著辦公桌上的甕）

何琦：什麼？

許彬：裝著骨灰的甕。

何琦：啊？

許彬：一個姓劉的老太太寄放的——

何琦：劉姥姥逛美術館。

許彬：甕裡裝的是她愛人的骨灰。我剛才提到有人來了又回去拿東西再回來寄放的就是她。她不放心把骨灰丟在家裡——

何琦：有人會偷骨灰嗎——

許彬：她說這年頭很難說。我說這是衣帽間，不是靈骨塔，沒有人寄放骨灰的，可是她執意要我收下，還反問我，難道她得抱著骨灰罈參加開幕儀式嗎？

何琦：嘿，這會兒她倒明理了。

許彬：我拗不過她，只好收下，可是不知道放哪，又怕搞丟了，只好擺在明眼處，盯著它直瞧，搞得我心裡毛毛的，彷彿隨時會有過去的幽靈會飄出來似的，直到，直到妳幽靈般出現在我面前。

何琦：好啊，你這是在損我。

　　兩人同時笑出聲，但隨即驚覺不想向對方笑，馬上收起笑容。何琦繞著衣架走動。

何琦：你有沒有想過，要是你那時不選擇離開，我們或許還在一起？

許彬：妳呢，有沒有想過？

何琦：當然想過。

許彬：我從來沒想過──才怪。不過我猜，縱使我選擇留下，我們終究會分手的。

何琦：我也這麼覺得。

許彬：啊？為什麼？

何琦：就個性吧。你我個性強，都喜歡逞口舌之能，又得理不饒人，在一起多累啊。

許彬：以前就不覺得累？再怎麼不合的個性只要真的想在一起還是會在一起。我覺得是因為妳我對人生有不同的追求。

何琦：果真如此，你也沒什麼好怪我的。

許彬：我從來沒怪妳，只是感覺遺憾。所以當我發覺這個展覽是你們公司承包的，我就不希望見到妳，因為只要見面一定會掉進無聊的談話，像現在。

何琦：哇，這是今年流行的香檳刺繡流蘇禮服耶，真想穿穿看。

許彬：可以啊，躲進裡面換，外面看不到的。

何琦：這麼華麗的衣服為什麼不穿上，要放在衣帽間呢？

許彬：它的主人大有來頭。

何琦：誰？

許彬：咱們千竿首富張總裁的新婚夫人。為了今天的盛會，她穿著一件高級的晚禮服，綴有水晶、亮片、珠繡，走起路來金光閃閃，我頭都暈了。

何琦：可是，幹麼還帶上這件呢？

許彬：她特別告訴我，雖然我不想知道，身上那件是開幕儀式穿的，待會舞會的時候，她要換上寄放的這件。

何琦：真講究。說真的，在一個藝術展場搞舞會實在是不倫不類。

許彬：你們為什麼要答應？

何琦：總裁堅持，而館長滿口答應，我們哪有置喙的餘地。這一次沒

有他的贊助展覽根本辦不成。

許彬：商人市儈些比較好，飽暖思淫欲我可以理解，可是飽暖思藝術，恐怕是藝術的災難。

何琦：張總裁這號人物幾年前沒聽說，現在居然是首富。

許彬：他的發跡史是本地的傳奇，後來的風風雨雨更鬧得沸沸揚揚。

何琦：什麼風風雨雨？

許彬：一件凶殺案。

何琦：啊？

許彬：外帶一件失蹤案。

何琦：這麼複雜。誰失蹤？誰死了？

許彬：總裁的前妻失蹤，而前妻的地下情人死了。

何琦：我的天啊，這麼聳動。可我剛才見到總裁的時候，從外表完全感受不到他背後有這麼沉重的故事。

許彬：有些人就是黑壓壓一片，你根本看不透他到底在想什麼。

何琦：真的。我看到總裁和藝術家談話，那模樣還真親切。

以下何琦扮演張總裁，許彬扮演藝術家。

總裁：我說啊，你這些玩意兒我很喜歡。

藝術家：謝謝。（笑場，回到許彬身分）妳扮演張總裁頗搞笑的。

何琦：不要笑場，我在說故事。

許彬：是。

總裁：剛才館長有跟我解釋，你的藝術呢就是要促進人際關係，縮短人與人之間的距離是吧。很好，立意良善、平易近人的藝術我一向支持。我不喜歡搞得太奇怪沒人看得懂的東西。這些作品裡面我尤其欣賞和藝術家一起吃飯那件。

藝術家：那一件叫做「誰來早餐」。

總裁：你真的跟客戶在美術館吃飯？

藝術家：不是客戶，是觀眾。去年我一共和二十三人共進早餐。

總裁：是嗎？我也要報名。

藝術家：張總裁真會開玩笑，和您用餐是我的榮幸。

總裁：就這麼說定了，明兒晚你到我家吃飯，咱們不要在美術館吃，眾目睽睽下哪有食慾啊？早點來，我先帶你參觀國內外僅此一家、別無分店的瓜子紀念館，看看你能不能幫我搞個類似「誰來嗑瓜子」的藝術，哈哈哈。

　　許彬回到自己的身分，何琦也跟著換回。

許彬：年代真的不同了，現在的藝術家和企業家居然相看兩不厭。

何琦：早就不同了。現在的藝術家不但要搞藝術還要搞公關。

許彬：這個叫陳彼得的藝術家搞公關藝術，不正是一石二鳥？

何琦：不是公關藝術，他搞的是關係藝術，是拉近人與人之間距離的關係藝術。

許彬：我在台北看過國際雙年展，那一次真是大開眼界。每個藝術家都使出渾身解數，教導人們如何促進關係。有一個傢伙蒐集世界的電話簿，全都拿出來展示，聽說在現場翻看電話簿的觀眾會有一種加入人類行列的感受；還有一個傢伙把家裡的鍋碗瓢盆全搬到現場，邀請觀眾和他一起煮麵做稀飯，一副和樂團圓的景象。原來當代藝術就是讓人有回家的感覺，我看這些人怎麼會是藝術家，他們是社工嘛。

何琦：你又在寫論文了。不過，你酸歸酸，我也覺得現在的藝術家不再是高不可攀，說穿了，他們和你我一樣，都是在搞創意賣點

子。

許彬：說妳自己吧，我可是從兜售創意的江湖退隱許久。

何琦：咱們離題了。剛才講到張總裁——我以為他是靠西瓜致富的。

許彬：那是以前。和千竿很多人一樣，總裁原來只是個竹農，靠幾畝地賣竹筍還有竹製手工藝品。差不多十年前，他的竹林一夜之間全開花了。

何琦：竹樹開花，必有大災。

許彬：這其實是迷信或謠傳，但是竹樹開花後就死了倒是事實。大熊，以前大夥就這麼稱呼總裁的，大熊那陣子心裡非常徬徨，不知道該怎麼辦，一度甚至想把農地給賣了，後來經過高人指點開始改種西瓜，沒想到非常成功，收入是以前的十倍。

何琦：西瓜大王。

許彬：有一天他聽說有一個東西比西瓜更好賣，那就是西瓜的子。

何琦：吐出來的子比吃進肚的果實好賣？

許彬：於是他從甘肅那兒引進黑瓜子，那黑瓜子片大、皮薄、肉厚、烏黑發亮，賣價高，又好種，無異是黑金。大熊一不做二不休，乾脆把他所有的田地，包括那些還沒開花的竹子，都一把火燒了，這不打緊，還收購附近的竹林，也是一把火燒了，全部改種黑瓜子。家人苦勸，尤其是他老婆，特別捨不得日益稀落的竹林。

何琦：前妻。

許彬：「前妻」不適用於她，兩人沒離婚，算不上「前妻」。

何琦：既然不是前妻，他如何再婚？

許彬：稍安勿躁。總之呢，大熊是吃了秤砣鐵了心，非要博一把不可那股傻勁、那股衝勁，誰也拉不住。

何琦：西瓜王成功了？

許彬：不，不是西瓜王，瓜子王成功了。而且成功的速度和規模超出任何人包括他自己的預期，不到幾年便從小農夫晉升為企業家，從大熊變成總裁。他的成功帶動了鄰近種瓜子的風潮——

何琦：原來這就是竹子越來越少的原因。

許彬：沒錯。

何琦：不過，這種一夕暴富的故事到處都有，算不上稀奇。

許彬：稀奇是後來的發展。一樁離奇的命案。

何琦：還有離奇的失蹤。

許彬：對。瓜子王原本一家三口。爸爸、媽媽、兒子。

何琦：後來呢？

許彬：話說張總裁事業蒸蒸日上，躊躇滿志之餘，開始覺得人生少了些什麼。

何琦：唉，所有成功的人的痛。

許彬：是啊，窮得只剩下錢，真想擁有這種痛。

何琦：別岔題。

許彬：是。寂寞難耐之餘，張總裁搞上了機要祕書。

何琦：正確名稱是貼身祕書。

許彬：也就是今天穿得亮晶晶的董娘。

何琦：小三扶正了。

許彬：日子就這麼過了，直到有一天，張總裁聽到一個傳聞。

兩人開始扮演，何琦飾張總裁，許彬飾原配。何琦抓一張椅子過來，坐下。許彬從她前面走過。

總裁：妳去哪？

原配：去人事室一趟。

總裁：最近好像常跑人事室。

原配：是嗎？有事情交代。

總裁：我聽說……（換回何琦）唉呦，我受不了你的反串，咱們還是換著演吧。

許彬：也好。

兩人互換角色，從頭開始。

總裁：妳去哪？

原配：去人事室一趟。

總裁：最近好像常跑人事室。

原配：是嗎？有事情交代。

總裁：我聽說妳最近和人事室主任趙剛走得有點近。

原配：別聽別人胡說八道。

總裁：希望只是胡說八道。

原配：你跟祕書的事希望也只是胡說八道。

總裁：當然是胡說八道。誰說的？我撕爛他的嘴。喂，張鳴，過來一下，不要成天打電玩。

原配：張鳴過來，爸爸找你呢。

許彬換成總裁的兒子，張鳴。

張鳴：爸。

總裁：功課做好沒？

張鳴：嗯。

總裁：嗯什麼啊？沒嘴巴嗎？你的名字不是一個口一隻鳥嗎？

原配：不要成天對孩子凶。

總裁：我哪對他凶？將來我的事業還要交給他呢。

　　換回本尊。

許彬：總裁是個有傳統美德的男人，心想老子可以在外拈花惹草，妻
　　　子豈能紅杏出牆，於是雇用了徵信社，決定查個水落石出，若
　　　真有姦情，不會饒過這一對狗男女。

何琦：雙重標準。

　　以下是跟監的畫面。許彬扮演徵信社，何琦扮演原配。音樂襯托
下，原配繞著衣架走，徵信社尾隨於後，彷彿動畫片。

許彬：就在這時，祕書跟總裁說，她有身孕了。

何琦：果然種西瓜得瓜子。

　　扮演。

總裁：把孩子打掉。

祕書：要是你跟她離婚，孩子不就可以生下來了？

總裁：不可能，再怎麼說她也跟著我苦過。

祕書：你就放任她和趙剛私通？

總裁：沒有證據的事不要胡說，何況我自己也不安分。

祕書：這時候你倒有良心了。難道咱們就一直這麼偷偷摸摸的？

總裁：妳放心，我自有安排。

回到本尊。

許彬：大約三年前某天，徵信社又跟蹤原配，來到瓜子紀念館，那時才剛打完地基，一片凌亂。原配繼續往裡頭走，走到張家名下碩果僅存的一片竹林，這片竹林在原配堅持下才躲過總裁那一把火。偵探一路跟著，一路跟著，然而來到轉角處時，竟然跟丟了。

何琦：原配不見了？

許彬：不見了。不管怎麼找，就是看不到人影。同時，他發覺迷路了，找不到來時路，也不知前面通往何處。就在他打算拿出手機求救時，他瞧見在濃密的竹林中，一間用竹子搭成的小屋。心想這八成是原配和情人幽會的場所，悄悄地走近，透過窗戶往裡頭看，不看不打緊，看得他心驚肉跳。

何琦：怎麼啦？

許彬：一個屍體，全身刀傷，倒在烏黑的血泊中。

何琦：誰的？

許彬：人事室主任趙剛。

何琦：原配呢？

許彬：不見了。

何琦：嚇？後來呢？

許彬：警察登場。負責的警官是個濫用形容詞的累犯，她的報告老是被上級打槍。

音效。何琦換成警官。

警官：案情陷入一片愁雲慘霧。

許彬：正確的說法是膠著。

警官：被害人男子，名趙剛，任職於張瓜子集團人事室，職稱主任。年紀四十一，人模人樣。

許彬：五官端正。

警官：確定他殺，身上有五處刀傷，刀刀見骨，慘絕人寰。

許彬：不忍卒睹。

警官：依鑑識科研判，凶器應是西瓜刀。這類工具在千竿人手一把猶如信用卡。嫌犯有四位。嫌疑最大的人是不安於室的妻子，即總裁夫人。據證人指認，在竹屋附近看到夫人的行蹤，真所謂一步一腳印。但是，夫人失蹤了。這意味兩點，其一，夫人已遭殺害，令人不勝唏噓。其二，夫人是謀殺情夫的凶手，犯案後逃逸，踏上天涯海角不歸路。第二個嫌犯是張總裁，動機是他和祕書有染，後者還有身孕，顯然百密一疏。第三位是祕書，動機和姦夫如出一轍，半斤八兩。第四位是兒子，雖然只有十六歲，但進一步調查顯示，他是西瓜忍者頂尖高手，最高紀錄一刀可斬殺五種水果，後生可畏。（換回何琦）什麼是西瓜忍者。

許彬：一種手遊，用日本武士刀切西瓜。

何琦：無聊。後來呢？

許彬：總裁、情婦和兒子三人都宣稱沒有犯案，也都提出不在場證明，加上失蹤的夫人毫無蹤跡，不知是死是活，調查工作陷入了瓶頸，一直拖到今天成了懸案。一年前張總裁把祕書娶進了豪宅。

何琦：從此過著幸福美滿的日子。

許彬：沒有。聽說，聽熟悉內幕的人說，豪宅安靜得像墳墓一般，三個主人之間幾乎零互動。

何琦：為什麼？

許彬：個個互相猜忌，猜忌其他人是凶手，或猜忌其他人認為自己是凶手。在眾人面前，他們努力扮演一家人，在家裡，他們各自躲在自己的空間。

何琦：這麼說，今天的場合——

許彬：是扮演的場合。

何琦：這不合情理，要是其中一人真的是無辜的，他大可向警方檢舉，讓他們重啟調查。

許彬：沒有新事證行不通，何況這中間還涉及上億財產。金錢可以讓人沖昏頭，也可以讓人非常冷靜。

何琦：故事聽到這兒我突然覺得有點恐怖。

許彬：整個件事是一場悲劇，也是鬧劇。我的心情跟妳一樣，徘徊在恐怖與可笑之間。可是我為這個故事著迷，我心裡想，如果我能透澈感受這個故事的神髓，或許就可以理解這些年發生在千竿的變化。

何琦：我還以為幾年不見你變得喜歡八卦了。

許彬：它散發一種黑色的質地，黏稠而炙燙。我可以說這一家三口泯滅人性，但也可以說他們毫不掩飾地展現了人性。我要什麼，我拿什麼，一點也不拐彎抹角。我付出代價，我沒有遺憾，若是真有遺憾，無所感覺的遺憾算遺憾嗎？人要是能這麼過活不是很簡單？

何琦：這一切和你當初選擇離開，回到千竿的事情有關。

許彬：妳在胡說什麼？

何琦：當初我們的創意網站被曹昆看中，邀我們加入隆祥，我們很興奮，覺得終於要加入大聯盟。

許彬：但曹昆那傢伙刻意刁難——

何琦：他沒有刁難，他只是出個題目考咱們。

許彬：既然是邀請還設門檻？

何琦：咱們搞創意的會怕這點挑戰嗎？所以我跟他說放馬過來。

　　許彬飾演曹昆。

曹昆：咱們隆祥最近接了個案子，一個經營不善、再不起色就要關門大吉的遊樂場。你們的任務是，如果你們選擇接受的話──這是《不可能任務》的經典對白，別說你們沒聽過──

何琦：聽過，當然聽過。

曹昆：你們的任務就是幫這個遊樂場構思一個可以吸引各個年齡層的消費者的主題。兩位，我的一貫信念是，所謂行銷就是製造一個結合所有矛盾的和諧感。因此，你們想出的點子不但要老少通吃，還得吸引熱戀中的男女，讓這個遊樂場既天倫又浪漫、既真實又夢幻。辦得到吧？

何琦：沒問題。

曹昆：你呢，許彬？

　　男演員轉身，借一步，變為許彬。

許彬：可以啊。

　　換回曹昆。

曹昆：不過有個小條件：我看過你們合作的作品，但對於兩位各自的強項還不了解。因此，這一次你們必須分開作業。給你們七天，

各自想個計畫，這七天不能見面，不能聯絡，連個問候的簡訊也不行。

再換。

許彬：你是說你要沒收我們的手機，還有電腦？
曹昆：不用，咱們都大人了，這是榮譽制度。清楚了吧？
何琦：清楚。
曹昆：以上對話將於五秒內自動銷毀。

曹昆說完自己笑，何琦跟著笑。男演員於笑聲中轉身，換回許彬。

許彬：不好笑。電影老哏妳還笑那麼開心。
何琦：未來的老闆。捧個場嘛。
許彬：那七天我足不出戶，絞盡腦汁，苦思一個既踏實又夢幻的行銷計畫。想念妳的時候不敢去找妳，也不敢用 line 和妳聯絡，只能想像妳在幹麼，是不是和我一樣足不出戶，絞盡腦汁。就在第七天，思路再度撞牆，我覺得應該暫時拋開，心想再不走出家門我遲早會瘋的。於是我到處走，漫無目地走，就這麼繞呀繞，繞得我都昏了。然而就在我頭昏的時候，我想到了。我想到遊樂場必備的旋轉木馬，想到小時候騎過不能動的木馬，還有我們第一次約會一起坐過需要人推的木馬，甚至幻想將來妳我帶著孩子在遊樂場騎電動木馬。就在那時候，過去的記憶和尚未發生的未來有了連結。計畫成形了，主題就是「我是匹旋轉木馬身在這天堂」。

音樂上。王菲的《旋木》：

擁著華麗的外表和絢爛的燈光
我是匹旋轉木馬身在這天堂
只為了滿足孩子的夢想
爬到我背上就帶你去翱翔

我忘了只能原地奔跑的那憂傷
我也忘了自己是永遠被鎖上
不管我能夠陪你有多長
至少能讓你幻想與我飛翔

奔馳的木馬　讓你忘了傷
在這一個供應歡笑的天堂
看著他們的　羨慕眼光
不需放我在心上
旋轉的木馬　沒有翅膀
但卻能夠帶著你到處飛翔
音樂停下來你將離場
我也只能這樣

　　隨著音樂，衣帽架開始旋轉，轉軸亮起了霓虹燈，掛在上面的道具也跟著發亮，變成華麗的旋轉木馬。

　　這期間，何琦和許彬隨歌起舞，有時像天真的小孩追逐在草原上，有時像熱戀中的情侶坐在木馬上，跟著旋轉木馬忽上忽下，有時像一對步履蹣跚的老人，走向夕陽……

歌曲結束時，兩人相擁，沉浸在相互疼惜中，等兩人意識到時，音樂早已停了，不捨地，慢慢分開。

許彬：期限到了那天，我帶著計畫來到了公司，興奮地向曹昆做簡報。結果呢？

何琦：唉……

許彬：我像個呆子，口沫橫飛地談著童年訴說著夢想，所得到的竟然是曹昆嘴角一揚無聲的訕笑。

何琦：那不是訕笑，他生下來就嘴歪一邊。

　　以下男演員來回轉換於許彬和曹昆之間，不再提供指示。

曹昆：點子很好。說真格的，你的 idea 好極了。不過我忘了告訴你，這個遊樂場不會有旋轉木馬。

許彬：為什麼？

曹昆：它以前有電動旋轉木馬。有一次機器失控，木馬旋轉太快把坐在上面的小朋友甩了出去，差點沒鬧出人命。

許彬：是嗎？

曹昆：不過，點子本身好極了。

何琦：真的很棒。

許彬：妳呢，何琦，妳想到什麼？

何琦：我……

許彬：怎麼啦？

何琦：我什麼都沒想。

許彬：啊？

曹昆：是我的錯，我沒時間給她想。

許彬：什麼意思？

何琦：這個……開完會第二天我就被曹昆找去，陪他走一趟遊樂場。

曹昆：事情緊急，我的祕書又生病，我就找何琦陪我一道去了。我想你不會介意才是，何況這個任務不算是真的任務，我早就打算高薪聘用你們了。

何琦：那幾天我忙著開會，根本沒時間——

許彬：妳就這樣跟他走了，有沒有想到要通知我一聲？

何琦：當然有，可是一切太匆忙——

曹昆：我還是需要一個人花時間想點子，所以叫她不必通知，等我們回來給你一個驚喜，哪曉得你這副反應……

　　　男演員走到一旁，變成許彬。

許彬：原來如此。

　　　許久不再講話。

何琦：許彬？

　　　沒反應。

何琦：許彬？

許彬：我決定了，我不會加入這傢伙的公司。妳呢？

曹昆：許彬——

許彬：閉嘴！閉上你的嘴！

何琦：怎麼會這樣？

許彬：妳呢？現在就回答我。

何琦：你不給我時間考慮？

許彬：不給。

何琦：你們男人都這樣？都要我臨場反應？

許彬：到底怎樣妳說。

　　何琦許久不說話。

許彬：趁我們還剩一點尊嚴一起離開這兒吧。

何琦：我不走。

許彬：什麼？

何琦：我不走，如果——

許彬：算了。（頓）再見。

　　許彬走開，走到一半折回，時光跟著回到現在。

何琦：你不聽我解釋掉頭就走，晚上去找你，你沒回住處，第二天去
　　　找你，房東說你已經退租，回到千竿了。現在我終於有機會把
　　　話說完，我當時要說的是：我不走，如果你要我現在就做決定，
　　　我不走，我不接受威脅。

許彬：是嗎？

何琦：是的。如果給我時間思考，我很有可能跟你一起離開那家公司。

許彬：可是，可是面對曹昆的臨場反應妳卻乖乖地跟他去了遊樂場。

何琦：因為他不按牌理出牌，我措手不及；因為我那時太嫩，也很想
　　　要那份工作；因為他表現得很迫切，我不疑有他。

許彬：妳跟我說實話，難道在遊樂場的幾個晚上曹昆沒搞燭光晚餐，

沒對妳表白？

何琦：（不想說但還是勉強說了）有。但是我拒絕他了，我讓他知道我對你的情感。之後，曹昆再也沒提起感情的事。在一起工作這些年，我跟他的關係就像是哥兒們，他也不只一次感覺對你很愧疚，如果你願意原諒他，他很樂意——

許彬：算了吧。

何琦：你還要記恨多久？

許彬：我不記恨，也沒有原諒不原諒的問題，各過各的日子吧。

何琦：難道你想這樣一直待在這兒做副研究員？

許彬：是的，我是打算在這個靠關係搞來但我一點熱忱也沒的職位幹一輩子。

何琦：就因為以前的打擊，就因為瓜子王的故事，你以為所有的欲望都是不好的，都是黑色的？你怕少一塊肉，所以選擇不要黏稠，不要溫度？

許彬：妳追求妳要的，我不會下價值判斷。就像我說的，一個人要什麼、拿什麼，有沒有遺憾，我沒意見，妳也不用因為我選擇不要什麼、不拿什麼感到遺憾。這不關妳的事。

何琦：當然不關我事。

突然傳來樓上的音樂：三步舞曲。

何琦：糟糕，舞會開始了。

許彬：去吧。

何琦：許彬……

許彬：去忙吧。

何琦下，留下許彬一人，落寞地杵於原地。音樂逐漸大聲，許彬悵惘地看著衣架，後者跟著他的想像轉動起來。看著旋轉木馬，許彬百感交集，流下眼淚。

　　這時，劉老太太上。

劉老太太：年輕人，快點，那個那個……

許彬：什麼？

劉老太太：寄放在這兒的骨灰啊，舞會就要開始了。

許彬：喔。

　　許彬拿給她。

許彬：小心拿。

劉老太太：謝謝，謝謝。你在哭嗎？

許彬：沒有，有點感冒。

劉老太太：哭就哭沒啥不好的。我那個死人啊，從來不哭，自以為硬漢一個，常常惹我哭，自己就是不哭，這壞蛋。

許彬：沒事。

劉老太太：現在的男人比較能哭了，我在電視看到的，動不動就哭。溫柔很好，軟弱可不行。

許彬：老太太，您能不能幫我看一下？我去洗把臉就來。

劉老太太：啊，是喔？你要快喔，我要去跳舞。

許彬：馬上回來，謝謝。

　　許彬下。

劉老太太：不對啊，他會不會自己上去把我一人留在這兒？

一名喜好健身的年輕人上。

健身男：喂，人呢？

劉老太太：管理員嗎？他上廁所了。

健身男：啊？這下⋯⋯

劉老太太：他剛才哭了。

健身男：關我啥事啊哭了。阿嬤妳看到掛在那兒的那頂帽子嗎？

劉老太太：這頂？

健身男：對對對，幫我拿過來。

劉老太太交給他。

劉老太太：這什麼帽子啊？

健身男：美國德州牛仔帽。

戴上帽子，神氣得很。

劉老太太：是不是壓扁了，凹凹凸凸的？

健身男：這標準款式妳不懂。

劉老太太：你是牛仔？

健身男：是。我有全套的，拴繩、馬靴、馬刺。

劉老太太：我得上去跳舞了。

健身男：跳舞？妳這把年紀跳舞？

劉老太太：對，跟我老公一起跳。

健身男：妳老公？

劉老太太：（指著懷中的甕）他在裡面。

　　健身男嚇得往後退一步。

劉老太太：年輕人，你幫管理員看著，他馬上回來。

　　劉老太太說完就走。

健身男：唉唉，怎麼就走了？

　　健身男左右看看。

健身男：去他的，留下來是傻瓜。

　　健身男下。
　　空場一陣子。
　　突然，一陣急忙的腳步聲。只見全身閃亮的新婚夫人慌忙上場。

夫人：舞會開始了，真是的。都是那饒舌的館長，巴著我說個不停。
　　　　什麼裝置藝術，我懂個屁藝術。唉，管理員呢？

　　夫人四處看看。

夫人：衣服呢？在這兒。（四處看看）就在這兒換吧，反正沒人。

夫人走進衣架圈內，換起衣服來。

總裁的兒子張鳴也趕來。

張鳴：阿姨，妳在裡面嗎？阿姨？

夫人：誰啊？

張鳴：是我，張鳴。

夫人：怎麼啦？我在換衣服，幫我看著，別讓人過來。

張鳴：妳放心，這兒沒人。阿姨，我越來越害怕。

夫人：怕什麼，我不是叫你按兵不動嗎？張鳴，你要把持住啊，否則——

張鳴：我知道，可是爸爸的眼神越來越詭異。

夫人：那是你心理作用。別胡思亂想，他什麼都不知道。

張鳴：妳不是說妳會保護我嗎？

夫人：我會的。

張鳴：糟糕，我好像聽到爸爸在叫我了。

張鳴心裡一慌，走了。

夫人：上面音樂那麼響，這兒哪聽得到誰在叫喊？你不要害怕到幻聽。

許彬上。

夫人：張鳴你聽我說，你爸爸什麼都不曉得，他不可能知道我們的祕密。而且，我已經布好局了，今晚會讓他好看。張鳴，張鳴？

換好衣服的夫人探頭一看，沒看到人，走出來，剛好和許彬照面。

夫人：你⋯⋯你是誰？

許彬：我是管理員。

夫人：你⋯⋯來多久了？有沒有看到一個年輕人？

許彬：沒有，我剛回來。

夫人：有沒有聽到⋯⋯

許彬：沒有，我啥都沒聽到。

夫人：我上去了。

　　夫人邊離開邊狐疑地看著許彬，後者則震驚於適才所聞，也狐疑地看著她離去。最後，許彬隱沒在衣架裡。

　　舞會巨大的音樂上。

　　燈光變化，衣架旋轉，變成舞會現場迪斯可五顏六色的氛圍。這期間，女演員換上衣服，變回何琦的裝扮。

　　音樂戛然而止，許彬先出現，之後何琦上。以下兩人飾演多角，快速變換，不再提供指示。

何琦：唉。

許彬：妳來得正好。我不小心聽到一個內幕，正不知該怎麼辦。

何琦：什麼內幕？

許彬：我知道是誰謀殺了原配。

何琦：大家都知道了。

許彬：啊？

何琦：謎底揭曉，真相水落石出了。

許彬：真的？所以凶手是——

何琦：沒錯。你剛剛沒聽到一陣騷動嗎？

許彬：沒有，我只知道音樂停了好一陣子。發生什麼事？

何琦：中場休息時，我擔任司儀，先謝謝主辦單位，接著介紹藝術家，當然還有贊助廠商張瓜子集團的張總裁。總裁大概是灌了不少紅酒，搶走我的麥克風，對大家說話。

總裁：各位鄉親大家晚安大家好。在這藝術品環繞的美術館跳著三步四步，真是別有一番風情，典雅加上典雅。大家開不開心？眼看大家興致這麼高昂，我的內心也跟著澎湃。因此，我有重大事件宣布。前些天我得了一副麻將，正面是純潔的天鵝白，背面是尊貴的曜石黑，美極了。但是稀奇的不只是外觀，這副麻將是瑪莎拉蒂公司的限量贈品，別的地方沒得賣，也就是說想要擁有它就得先買下跑車。於是我買了一部瑪莎拉蒂，只為了想要擁有那副麻將。在這個歡慶的場合，我現在宣布，大家繼續跳，通宵達旦地一直跳，別人都倒下時，最後一個還站著扭屁股的人可以獲得大獎。今晚的大獎就是——麻將？想得美！麻將是我的——大獎是瑪莎拉蒂跑車！

何琦：全場歡呼，報以如雷掌聲，只有藝術家彼得臉色鐵青。

藝術家：成何體統！我要抗議。

何琦：稍安勿躁，別忘了你明天要去瓜子紀念館跟總裁談一筆生意。我這麼一說，藝術家不再抱怨了。總裁下台前和眾賓客一起舉杯慶賀，氣氛飆到了最高點。就在這時，廳堂的大門突然被撞開，大夥嚇得魂都飛了，待定睛一瞧，原來是一批員警，領頭的就是那個濫用形容詞、報告常被打槍的警官。

總裁：這是怎麼回事？

館長：對不起，我是館長，請問——

總裁：你們長官是誰？

警官：我們長官是我，如假包換。各位，破壞大夥的興致，在此獻上

最高歉意。但是，事情十萬火急，刻不容緩，我們火速趕來就是為了解決一件懸宕已久、讓我魂牽夢縈的凶殺案。

總裁：妳在胡說八道什麼啊？

警官：張總裁，請你跟我們回局裡一趟。

總裁：為什麼？

警官：關於你原配失蹤一案，我們有駭人聽聞的新事證。

許彬：等一下！我以為警察來抓的人是新婚夫人和總裁兒子。

何琦：是總裁啊，你怎麼會以為——

許彬：難道我聽錯了？好吧，繼續。

警官：總裁，這邊請。

總裁：誰要妳請？要請我自己請。不管多了什麼事證，我可是有無懈可擊的不在場證明，我夫人可以作證。

夫人：我可以作證。我作證，案發那段時間我沒有和大熊在一起。

總裁：妳說什麼？

夫人：是的，我作了偽證。當時我只是一個人在家，但我因為心虛害怕，所以答應大熊，跟警方謊稱我們在一起。可後來我的孩子流掉了，大熊又逐漸冷落我，他願意娶我其實是為了安撫我。結婚後的日子，沒有想像美好，一家人活在猜忌中。整個家就像壓力鍋似的，唯一可以安慰的是我和張鳴從互相猜忌到同病相憐，慢慢的培養出母子情感。有一天大熊又喝得爛醉，硬是要我和張鳴坐在旁邊作陪，就在他快要睡著還半醒的時候，他嘴巴說出了天大的祕密，一直說「紀念館……紀念館底下藏著……不要告訴別人」，我和張鳴嚇呆了，第二天大熊好像意識到說溜了嘴，一直問我們他有沒有說什麼，我們都說沒有，但是我很害怕，可憐的張鳴更害怕，害怕總有一天他會知道我們知道他的祕密，所以——

總裁：所以妳就警察局告發我，妳這賤人！

警官：遲來的正義也是正義，真所謂法網恢恢，疏而不漏。把他帶走。

何琦：這時總裁哇的一聲大叫，把身旁的藝術家推開，往後逃跑。

藝術家：唉呦。

何琦：警察追在後頭。

藝術家：警官一馬當先。

何琦：巾幗不讓鬚眉。

藝術家：總裁從這一間跑到另外一間。

何琦：經過德州牛仔時，年輕人嚇得腿軟，一直叫媽媽。

藝術家：總裁撞倒老太太，老太太沒事，倒是甕撞成了碎片，骨灰灑了總裁一身。

何琦：全身灰白的總裁跑到相簿區。

藝術家：被相簿絆倒。

何琦：跌了個狗吃屎。

回到當下。

許彬：原來是這樣。不過，如果凶手真的是大熊，那麼關鍵證人，也就是那個徵信社調查員的說詞就漏洞百出了，除非他和大熊早就套好的⋯⋯

何琦：應該是吧。

許彬：不可思議⋯⋯我以為凶手不是祕書就是兒子，我以為繼母和繼子之間有了姦情⋯⋯

何琦：哪這麼沒人性的。

許彬：兩人的母子情感竟然在這麼艱困的夾縫中冒了出來⋯⋯

何琦：我得上去送客了。

許彬：我得留守在這兒。

何琦：彼得找我明天上午陪他逛逛。

許彬：妳說過了。

何琦：我希望你陪我逛逛。

許彬：再說吧。

何琦：再說什麼？再過幾個小時就明天早上了，你還再說。

許彬：好，明天我做妳的導遊。不過，妳若只是為了勸我回到城市，
　　　那就不必了。

何琦：我不想勸你什麼。只要你過得充實，待在哪兒都一樣。哪一天
　　　你真的來到了城市，也不一定得來找我，不一定得把我放在心
　　　上。

許彬：好，明天咱們約在——

何琦：約在第一次約會的公園。

許彬：木馬好像拆了。

何琦：咱們去找找。

　　燈暗

全劇終

再見‧歌廳秀
Goodbye to Music Halls

| 時間 |

1995。

| 主要人物 |

吳哥：麗華戲院老闆。

丁姊：其妻。

阿揚：吳哥與丁姊的兒子。

葉彤：歌星。

斗哥：麗華戲院經理兼主持人。

阿吉：里長兼組頭。

段委：段雲龍立法委員。

第 一 幕

麗華戲院即將拆除改建，吳哥與丁姊回來看最後一眼。

丁姊：小心。

吳哥：哉啦。

丁姊：慢點。

吳哥：我哉啦。

丁姊：小心有釘子。

吳哥：吼，妳不要一直教我小心好嗎？

丁姊：我怕你跌倒啊。

吳哥：恁爸很小心，不會跌倒的。

丁姊：什麼很小心不會跌倒？你這個人走路跟做生意一樣。

吳哥：妳講到叨位去？走路跟做生理有蝦米關係？

丁姊：當然有關係。你走路橫衝直撞，都沒有在注意危險；做生意也一樣，只要聽說哪裡可以賺就往那裡砸錢，結果呢？

吳哥：景氣差能怪我嗎？

丁姊：景氣差咱們就守一點嘛，你看你這半年來一下子投資夾娃娃機，一下子投資水族館，最後都是慢人家半拍，老是搭上了末班車。

吳哥：好了啦，別講那些了……唉呦。

丁姊：哈哈哈，踩到釘子了吧，活該。

吳哥：哈哈哈，騙妳的。

丁姊：無聊。

兩人環顧。

吳哥：就這麼要拆了。

丁姊：麗華戲院即將成為歷史。

吳哥：早就是歷史了，收起來差不多有一冬了沒？

丁姊：剛好一年。

吳哥：我們在這裡有一段美好的時光。

丁姊：也有一段痛苦的日子。

吳哥：一段喊水會結凍的氣魄。

丁姊：一段慘澹失意的潦倒。

吳哥：一段唱歌跳舞的歡樂。

丁姊：一段紙醉金迷的胡搞。

吳哥：一段——喂，怎麼我說什麼妳就反什麼？

丁姊：凡事都要平衡一下嘛，總不能光看正面的。

吳哥：我現在在回憶、在緬懷，妳就不能睜一隻眼閉一隻眼？

丁姊：眼睛很痠呢。

吳哥：不過，我現在需要妳兩眼睜大一點。

丁姊：幹麼？

吳哥：幫忙找那個麥克風。

丁姊：還不死心啊。

吳哥：總是找找看嘛。

　　兩人四處尋尋。

吳哥：好花不常開啊。

丁姊：好景不常在。

吳哥：人算不如天算。

丁姊：天算不如不要算。

吳哥：有算等於沒算。

丁姊：喂，有蒜沒蒜不一樣，炒青菜不能沒蒜，吃臭豆腐不能沒蒜。

吳哥：我還涮羊肉呢。

丁姊：說真的，我們都被這個時代給耍了。

吳哥：是啊，剛解嚴的時候有人放炮仔，有人三天不洗身軀，大家都
　　　　陶醉了，以為從此海闊天空，勇敢向前行就對了。

丁姊：我們也一樣，本來以為社會百無禁忌，麗華戲院這下可以大張
　　　　旗鼓了。

吳哥：哪會想說變做沒路可行，歌廳秀越來越沒人要交關，到尾了一
　　　　間一間收起來。

丁姊：我們都被這個時代騙了。可是，既然受騙，又何必醒來？啊……

吳哥：啊啥？

　　丁姊即興清唱一段陳盈潔的《乎你騙不知》，吳哥接著來一段獨
白。

丁姊：（唱）啊世間無人像我這悲哀
　　　　癡情乎人當做奧鹹菜
　　　　怪我憨憨乎人騙不知
　　　　我真是一個我真是一個
　　　　憨大呆

　　音樂襯底，丁姊陷入懷舊中，吳哥直接跟觀眾講話。

吳哥：各位觀眾，我老婆說很對，也說得不對。做生意我是衝了一點，但是台灣沒有我這種打不死的蟑螂，怎麼能夠榮登亞洲四小龍的行列，你講對不對？現在是 1995。這一年，高雄藍寶石大歌廳結束營業，算是為歌廳秀劃下了句點。歌廳秀倒了我當然覺得遺憾，但我只難過一天，第二天就開始想有什麼別的可以賺錢的；問題是，這個社會越變越畸形，沒有人知道下一秒什麼會流行，你要是告訴我，幾年之後台灣人會排隊排一個鐘頭只為了買蛋塔，我一點都不會驚訝。

丁姊：吳哥，我在怨嘆這個時代，你在跟誰講話？

吳哥：沒啦，我是跟觀眾朋友講，雖然退居幕後這麼多年，咱們可是能唱能跳還能演短劇的。

丁姊：就是嘛，開玩笑。

吳哥：藝人生病、搞失蹤或者是被綁架，哪一次不是咱們粉墨登場才壓住陣腳的？這道上誰不知道吳哥和丁姊在歌藝上的「造指」。

丁姊：造詣。

吳哥：造詣，受教了。

丁姊：受教可以，可別受驚。

吳哥：我堂堂男子漢，怎麼會受驚。

丁姊：其實啊，開黃腔有什麼不好？居然有人胡說八道，說歌廳秀會沒落就是因為太低級。

吳哥：什麼低級，沒有黃色笑話算什麼歌廳秀？

丁姊：沒有清涼算什麼牛肉場？

吳哥：沒有妓女哪算是窯子？

丁姊：沒有國哪有家？

吳哥：啊？這兩個不搭吧。

丁姊：好了，不跟你鬧了，這麼一鬧差點忘了傷心是今晚的主題。

吳哥：苦中作樂吧，不然還能怎樣。

丁姊：吳哥，我跟你說，你我白手起家從無到有，在戲院從龍套幹到當家；如今戲院轉手從有到無，明天就要被打掉蓋百貨公司，想到這怎麼會不感傷。但是你我都是樂天派，何況年紀大了，只要看開一點日子還是可以過得歡歡喜喜的。

吳哥：我知道，丁丁。

丁姊：我只希望阿揚能夠找到小彤，兩個人一起回來。

吳哥：我也這麼希望。

丁姊：雖然阿揚有錯，但是我覺得小彤會離開是因為我的死腦筋。

吳哥：是啊，都是妳的錯。

丁姊：什麼都我的錯，你的態度又很好嗎？

吳哥：好啦，我也哉影我不對，實在是代誌發生的太突然，我也是被逼急了不是嗎？

丁姊：咱兩個是半斤八兩。我剛才給阿揚 BB 扣，我以為他會來這裡跟我們會合。

吳哥：用 BB 扣他怎麼會知道我們在這裡？

丁姊：當然會知道。我就按 78236071859183342619539491。

吳哥：什麼意思？

丁姊：「今天晚上爸媽要憑弔歌廳秀希望你來麗華會合」。

吳哥：我的天啊，這種亂碼連馬蓋先都看不懂，阿揚會看得懂才怪。

丁姊：哼，母子連心，不信你等著瞧。

吳哥：唉，站在這裡看著觀眾席，以前的記憶都回來了。

丁姊：好像昨天才發生的事。

舞台開始動起來，呈現戲院籌備新戲的場景，工作人員推出布景

等等。同時，阿揚上。

阿揚：要開始沒？

吳哥：快了。

丁姊：馬上就開始了。

吳哥：阿揚，你正經有興趣要參加這次的製作？

阿揚：當然咯。交給我，老爸。別看它一副奄奄一息正在吊點滴，我
　　　認為只要加入新的設計，保證會讓歌廳秀會起死回生的。

吳哥：不用起死回生，只要這一票有賺就可以了。來，開始吧。

　　　音樂起，三人下。葉彤帶領一群舞者，來一段陳小雲的《愛情恰
恰》（1992）。

葉彤：繁華的夜都市 燈光閃閃爍
　　　迷人的音樂又響起 引阮想到你
　　　愛情的恰恰　抹當放沒記
　　　心愛的在叨位
　　　想要和你想要和你來跳恰恰恰
　　　不知你是不知你是走去叨位去
　　　啊飲落去飲落去 不通漏氣
　　　跳落去跳落去 大家歡喜
　　　手端一杯愛情的酒 要來祝福你
　　　愛情的恰恰 糖甘蜜甜
　　　可惜身邊的人 不是不是不是你

　　　間奏，斗哥上，和葉彤跳一段恰恰後，間奏收。

斗哥：各位親愛的觀眾朋友，大家福氣啦！今天是咱麗華戲院五星升
　　　級後，第一次盛大公演。除了外觀與設備全部換新的，我們還
　　　準備了最精采的節目，來為各位鄉親提供最高級的娛樂。首先
　　　讓我介紹，麗華戲院的首席歌手、享譽東南亞的一級唱將，葉
　　　彤！

　　　舞群下。

斗哥：葉彤妳好。
葉彤：斗哥好，還有各位觀眾大家好。
斗哥：哇，我看妳這身打扮——

　　　吳哥上前打斷。

吳哥：OK，先排到這裡，訪問的段落以後再排。來，小彤過來，我
　　　跟妳介紹一下。這是我兒子——
丁姊：也是我兒子。
斗哥：還好都是你們的兒子。
阿揚：很難說，可能要驗 DNA。
葉彤：這就是阿揚啊？
阿揚：妳好。
吳哥：阿揚剛從美國留學回來，以後要跟大家一起打拚。
阿揚：妳的歌聲很好聽。
葉彤：謝謝。
阿揚：妳喜不喜歡藍調？

葉彤：嗯？

吳哥：（同時）什麼「懶叫」？你講話卡有水準的好嗎。

斗哥：唉呦吳哥，不是「懶叫」，是藍——調啦。

丁姊：不路死啦，吳哥。

阿揚：天啊，老爸。

吳哥：不路死，我哉啊。歹勢，歌廳秀做久了，每一句話聽起來都是黃腔，就好像初中的時候，老師在黑板畫一條直線男生就會偷笑，要是畫個圓圈會笑得更大聲。

丁姊：怪不得初中的時候，我們女生老是覺得男生怎麼這麼快樂，一直在偷笑。

吳哥：胡說八道，那時候男女分班，上課哪有什麼男生女生？

阿揚：喂，你們不是在介紹我嗎？怎麼突然扯到電燈還沒有發明的年代？

葉彤：你為什麼問我喜不喜歡藍——調？

阿揚：我覺得妳唱藍調會更有味道。

葉彤：真的嗎？

阿揚：真的。

斗哥：這算不算來電五十？

丁姊：什麼來電五十，人家小彤都有小孩了，你不要亂講。

組頭阿吉上。

阿吉：哇，原來戲院從台上看長這個樣子。

吳哥：啊？阿吉，你哪會來了？

阿吉：我是股東，當然要來看一下。

除了吳哥外，眾人覺得納悶。

丁姊、斗哥：股東？

阿吉：哇，葉彤小姐。麗華的當家花旦，本人比照片更加漂亮喔。你們在排練是否？哪沒通知一聲？

吳哥：對，我們現在在排練。（對著丁姊）等一下跟妳解釋。（轉向斗哥）Okay，我們接下去排。

斗哥：喔，好。剛剛是介紹小彤，介紹完小彤之後，小彤會唱一首歌。唱完之後，就是短劇。

吳哥：直接跳到短劇。

斗哥：Okay.

吳哥：最近軍教片慶寡寡到抓不住，我們也來偕伊湊熱鬧。

斗哥：各位觀眾，接下來請看短劇演出：〈成功嶺〉。

吳哥等人下。

音樂起，班長帶著五名士兵上，可男女混合。每人肩上扛著一把槍，唱著帶有抒情味道的軍歌《大地勇士》。開唱之前，全體喊「吼乎嘿咻、吼乎嘿咻」。

士兵們：就像大地甦醒的朝陽

夜幕遮不住奔放的光芒

無論上山下海 我都在行

追求一個永遠的理想

天生一副紮實的肩膀

天塌下來有我們來扛

成功對我來說 是平常的事

就算失敗還是要不斷的闖

唱完之後，全體喊「吼乎嘿咻、吼乎嘿咻」。

班長：隊伍立定。稍息。報數。

士兵們從一報到五。

班長：為什麼只有五？出發的時候不是有九嗎？
士兵一：報告班長，第六個半途昏倒了。
班長：其他人呢？
士兵二：第七個幫他做人工呼吸，第八個在旁邊搧風，第九個去叫計程車。
班長：笨蛋，成功嶺哪有計程車。
士兵三：報告班長，第九個跑出成功嶺，坐計程車回家了。
班長：逃兵？這傢伙不要命了嗎？
士兵四：第九個說他寧可不要命也不想讓班長「荼毒」。
班長：啊？
士兵五：荼毒。
班長：什麼？
士兵一：蹂躪。
士兵二：糟蹋。
士兵三：霸凌。
班長：霸凌？有這種說法嗎？
士兵三：將來會很流行，因為——
班長：夠了，你們這些死大學生以為我沒讀過書嗎？第一個講「荼毒」

我就懂了。我告訴你們，台灣不是美國，以後只要有人倒下就讓他倒下，繼續完成你的任務。美國「一個都不能少」那一套在台灣是行不通的；台灣只要達成任務，少幾個沒關係，聽到沒？

眾士兵：聽到！

士兵四突然拿出身上的紙筆，寫些東西。

班長：這位白癡弟兄你在幹什麼？

士兵四：班長字字珠璣，值得記下來。

班長：喔，是嗎？

士兵四：我是學電影的，剛才班長講的一句話很適合拿來當片名。

班長：你是說「一個都不能少」？

士兵四：呸，「一個都不能少」算什麼片名，當然是「少幾個沒關係」。

班長：拍成電影的時候別忘了班長喔。

士兵四：當然，一定請班長主演少掉的那一個。

班長：謝謝。

眾士兵：偶像！偶像！

班長：好了，大家安靜！有人知道我為什麼三更半夜帶你們出來練操嗎？

士兵一：因為今晚的月亮特別圓。

士兵二：因為班長想跟我們談心。

士兵三：因為班長是虐待狂。

班長：是的，我是虐待狂，胡說八道。你再說一次我是虐待狂老子就一槍把你斃了。我帶你們半夜出操是因為整個連隊裡面，你們這班表現最差。你們這些公子哥兒死老百姓要知道，雖然台灣

解嚴了，大家自由了，但是我們不能有絲毫鬆懈，因為還有敵
人在對岸虎視眈眈，懂不懂？

士兵：懂！

班長：（走向士兵五）我問你，為什麼那天我要你做伏地挺身兩百下？

士兵五：因為我在唱歌。

班長：唱什麼歌？

士兵五：《散塔露琪亞》。

班長：你是怎麼唱的，唱一遍給大家聽。

士兵五：（唱）當兵的前一天 我們見最後一面

兩人合夥湊錢 剛好夠一千

摩鐵就在河邊 妳我共枕同眠

妳站在窗前 發誓不兵變

夜已深欲何待 快回到床上來

散塔露琪亞 散塔露琪亞

眾士兵：（唱）快回來回我床

夜已深夜正圓

散塔露琪亞 散──塔露琪亞

班長：太感人了！我當兵的前一天就是這麼浪漫；可是，可是到了最
後還是兵變。

眾士兵：班長，不要難過了；反正女人都這樣；沒關係，一定會找到
更好的；天涯何處無芳草……

班長：你們在胡說什麼？是我兵變了。

眾士兵：啊？

班長：我愛上了連長。

眾士兵：喔！原來如此！天啊！原來連長也兵變了。

班長：連長沒有兵變，他是家變。

士兵一：軍隊真的很亂。

班長：但是各位、各位，立正站好！我的重點是：沒錯，台灣民主
　　　開放了，你要愛誰隨便你愛，但是國家還是需要軍人捍衛。我
　　　現在帶你們唱首軍歌，大家要拿出精神，把軍人的魂魄表現出
　　　來。

　　音樂起，《我現在要出征》前奏。唱的時候，幾人扮戰士，其他
人扮伊人，唱到「出征」、「唉有」時動作有明顯性暗示。

戰士：我現在要出征 我現在要出征

伊人：有伊人要同行 唉有伊人要同行

戰士：你同行決不成 我現在要出征

全員：嘿咻 嘿咻 嘿咻

戰士：我現在要出征 我現在要出征

伊人：有伊人要同行 唉有伊人要同行

戰士：你同行決不成 我現在要出征

全員：嘿咻 嘿咻 嘿咻

　　換場。

　　辦公室：吳哥、丁姊、阿吉。

阿吉：咱這擺是歌廳秀的絕地反擊，節目一定要精采。

丁姊：阿吉，哪時候你也懂秀場？

阿吉：自從我變成股東之後。

丁姊：這就是我要問的，吳哥，為什麼阿吉突然之間變成了咱們的股

東？

阿吉：你沒跟丁姊說？

丁姊：說什麼？

吳哥：也沒什麼好說的……那只是一個默契。

丁姊：什麼默契？

吳哥：阿都……阿都……

丁姊：阿都阿都啥啦？你累了嗎？

阿吉：需要喝什麼嗎？

吳哥：阿都我們欠的利息上個月拿不出來，阿吉很夠意思——

阿吉：我跟吳哥說，只要他這個月十號前，也就是昨天，把兩個月的錢補齊，我就算了，但是要是昨天之前，也就是十號，錢沒有進來，我就要跟他談入股的事。

丁姊：吳哥，你怎——

吳哥：我當時沒有講話，也沒有說好。

阿吉：沒反對就是默認，默認就是承認。吳哥，我今天來主要是要跟你討論咱合作的細節。

吳哥：什麼細節你講。

阿吉：第一……

　　阿吉和吳哥開始無聲地用手勢討論，丁姊則對觀眾說話。期間，阿吉和吳哥會穿插零碎的對白。

丁姊：小時候，我阿嬤會拿著凳子帶著我去社區的廣場看歌仔戲……

阿吉：……第三，就是「爬仙斗」的問題。

吳哥：欲要多少「爬仙斗」你講啊……

丁姊：戲台搭得很高，台上在表演，台下在賭博，兩旁還有很多攤子，

撈金魚、射氣球、套圈圈什麼都有，平常安靜的社區整個熱鬧
起來……

吳哥：……最近台灣在流行勒索，收保護費，連醫生館也被恐嚇。

阿吉：你放心，兄弟這邊我來按耐……

丁姊：有時候，歌廳秀會讓我有一種回到那個年代的感覺……大家聚
在一塊，暫時忘掉煩惱……

阿吉：第五，就是節目的內容我要參加意見。

丁姊：（回到現場）蝦米？我講阿吉啊，阮跟你簽六合彩，「蹤錢」
的時陣候會找你周轉，但是我們從來沒有教你怎麼混黑道。

阿吉：唉呦，丁姊，妳哪講得這麼歹聽？我只是個為社區服務的里長
兼組頭，怎麼會是黑道？

吳哥：對啦，阿吉不是黑道。

阿吉：就是嘛。

吳哥：阿吉只是很黑的白道。

阿吉：就是嘛，喂，什麼啊？

丁姊：無論如何，你只是暫時的小股東，節目方面沒你說話的份。

阿吉：你們那麼專業，為什麼戲院快垮了？

丁姊：這是時代的問題。

阿吉：時代？妳是說……

丁姊：都是解嚴害的。

兩人：啊？！

丁姊：唉呀，我也搞不懂，反正只知道解嚴之後，歌廳秀就開始走下
坡了。

阿吉：是嗎？我們地下錢莊一點也沒受影響，可見地下錢莊是超越政
治的。

吳哥：是啊，令人羨慕。好吧，阿吉，你對節目有什麼意見就隨便說

說當作放屁來聽吧。

阿吉：節目的內容雅俗共賞，有許多讓人驚喜的元素，雖然有些缺點，但瑕不掩瑜——

丁姊：你在寫劇評嗎？

阿吉：沒有，我是說——

吳哥：講重點。

阿吉：好，我講重點。重點就是：服裝要再清涼一點，台詞要再黃一點。

  換場。

  化妝室：阿揚、斗哥。

阿揚：服裝太清涼，對白太黃。

斗哥：什麼啊，我已經收斂很多了。

阿揚：這樣還算收斂啊，斗哥？

斗哥：我看你是美國住太久變保守了。現在台灣是狂飆的年代，超速前進，只要慢半拍就會被遠遠甩在後頭。更何況不賣弄清涼，不搞點顏色，歌廳秀還混嗎？

阿揚：但是總是要搞點新的東西，加點藝術性吧。

斗哥：想太多了吧。我告訴你，歌廳秀只是娛樂，不用扯到藝術。

阿揚：有些很聳的東西做精了，它就變成了藝術。

斗哥：什麼精？

阿揚：精準的精，精神的精。

斗哥：但是歌廳秀後來「走鐘」去了，節目千篇一律，加上藝人越來越混——

阿揚：所以我們要剔除腐敗的部分，改造那些值得保留的東西。

斗哥：你搞不清楚狀況，實在是太浪漫了。

阿揚：無論如何，你得承認，要吸引觀眾進場不能只靠黃色和賣肉。

　　葉彤上。

葉彤：誰要賣肉啊？

阿揚：沒有，是我措辭不當，我剛才是說——

斗哥：阿揚認為舞者的服裝太裸露，演員的對白太多性暗示。

葉彤：這有什麼問題？

斗哥：我就說嘛。

葉彤：之前我在高雄唱了一檔，那邊的服裝不算清涼——

阿揚：很好啊。

葉彤：因為幾乎沒穿，每個舞者都只有三貼。後來老闆也要求我三貼，我就拒玩了。

阿揚：那家戲院後來怎樣了？

葉彤：倒了。

阿揚：這就是我的意思，歌廳秀的魅力絕對不會只是開黃腔和露身體。

斗哥：這點我原則上同意，但是聽我說，在這節骨眼歌廳秀就是夕陽工業，我勸你不要有過多的期望。

阿揚：這要看你從什麼角度，歌廳秀或許被時代淘汰了，可是反過來看，說不定是轉型的契機。我的意思是我們可以異軍突起，搞點新創意，做出不一樣的東西。

葉彤：我同意。

斗哥：重點是，能搞什麼創意？

阿揚：我想試一些 idea。

葉彤：藍調？

阿揚：藍調是其中之一。

斗哥：對不起，我得去接老婆了。藍調我不懂，這種時機我只知道哭調仔。阿揚，我跟你說，當吳哥和丁姊跟我說你想加入創作團隊我舉雙腳贊成。時機這麼差，再不想點新花招，很多人會失業的。走了。

葉彤：掰掰。

斗哥往外走，又折回，直接對觀眾講話。

斗哥：後來果然很多人失業。戲院結束後，我在夜市叫賣，就是「來喔來喔，沒買你食虧，越買越賺錢」那種，從玩具到壯陽藥，什麼死人骨頭都可以賣。我們這些歌廳秀的底層，和風光來去的藝人沒得比，它的結束就是阮的結束，跟不上時代的一不小心就掉進社會的底層。

斗哥下。

阿揚：我媽說妳有小孩了。

葉彤：是啊，叫小乖，才兩歲。

阿揚：兩歲，恐怖的年紀。

葉彤：不恐怖啊，很可愛。

阿揚：可愛，可愛。

葉彤：恐怖的可愛。

阿揚：有件事我要跟妳坦白。

葉彤：今天才剛認識你就要跟我坦白，希望你明天不會要跟我攤牌。

阿揚：感覺我認識妳很久了。

葉彤：為什麼？

阿揚：我在美國留學的時候都會聽妳的音樂來排解心情。

葉彤：我唯一的那張 CD？

阿揚：是的。

葉彤：它賣得很差，才剛上市就下市。

阿揚：還好給我買到了。

葉彤：這需要坦白嗎？

阿揚：那時，妳是我……幻想的對象。

葉彤：幻想……

阿揚：妳知道嘛……寂寞難耐……

葉彤：寂寞難耐，這可以是很好的歌名。

阿揚：我的意思是，性幻想……每當我寂寞難耐的時候，就會放妳的 CD。

葉彤：天啊，這也太坦白了吧。

阿揚：我是知道妳結了婚有小孩才敢跟妳說。

葉彤：我死會了，才敢跟我坦白？

阿揚：當然，不然就太奇怪了。

葉彤：剛才丁姊沒說的是，我是個單親媽媽。

阿揚：喔，小孩的爸爸呢？

葉彤：過世了。

阿揚：抱歉。

葉彤：沒關係。我該去接小孩了。

阿揚：好，明天見。

葉彤：掰掰，沒事不要聽音樂。

阿揚：為什麼？

葉彤：傷身體。

葉彤下。不久，阿揚下。

燈光變化，段委上，阿吉隨後趕到。

阿吉：不好意思遲到了，段委。

段委：不要叫我段委，不吉利。

阿吉：怎麼會呢？

段委：好像在詛咒我斷尾求生。哪天我真的斷尾求生，第一個砍掉的
就是你。

阿吉：歹勢，段立委。

段委：事情進行得如何？

阿吉：一切照原定計畫，我已經一隻腳踏進——

段委：棺材裡。

阿吉：什麼啊？不是啦，是一隻腳踏進麗華戲院裡。

段委：很好，接下來，你就以股東的身分攪局，把白的說成黑的、黑
的說成白的，製造混亂，無論如何一定要讓這次的演出砸鍋，
這樣我的金主就可以低價把戲院買下拿來蓋百貨公司。

阿吉：你放心，黑白講我最鰲。

段委：我很放心。要是你搞砸了，我還有一張王牌。

阿吉：什麼王牌？

段委：天機不可洩漏。

燈暗。

燈亮時，伴奏上：葉彤站在一支直立式復古麥克風前，三位合音男歌手站在她左後方。他們以中文翻唱 R&B 歌團 Gladys Knight & The Pips 之經典歌曲 *Midnight Train To Georgia*。合音歌手的舞步大致

模仿影片裡的動作

　　　　　夜行火車回家鄉

　　　　台北，讓他凍袂著
　　（讓他凍袂著，再也待不下）
　　　他決定離開目前的生活，嗚
　　　　　（他說要離開）
　　　　　他說要回去尋找
　　　　　　（回去尋找）
　　　　嗚嗚嗚，剩下的世界
　　　　他曾經離開的世界
　　　　　　在不久以前
　　　　　　他要離開
　　　　　　　（離開）
　　　坐上夜行火車回家鄉，耶
　　　　（坐上夜行火車）
　　　　耶，他說要回去
　　　　　（回去尋找）
　　　　　遺忘的單純時光
　　　　（一旦他踏上旅程）
　　　　　是的，他即將
　　　（猜猜誰會陪伴在他身旁）
　　　　　　一定是我
　　　　　（我知道是妳）
　　（坐上回鄉的火車來離開）

我寧可活在他的世界

（在他的世界）

也不活在我的世界沒有他

（她的世界屬於他，他的屬於她）

他一直作夢

（作夢）

嗚，有一天他會成名

（一個 superstar，可惜八字有差）

跌了一跤才發現

夢想不一定成真 oh no 嗚嗚

（夢想不一定成真嗚嗚 oh no 嗚嗚）

最後決定典當所有夢想

（嗚嗚 嗚嗚）

甚至賣掉他的愛車

（嗚嗚 嗚嗚）

買了一張單程票返鄉

回到他熟悉的生活

是的，沒錯，他真的

他說他會

嗚嗚 他會離開

（離開）

坐上夜行火車回家鄉，耶

（坐上夜行火車）

為了愛，即將搭上夜行火車

為了愛，即將搭，即將搭上夜行火車

為了愛，即將搭，即將搭上夜行火車

我的，他的，我們的，只屬於我倆的世界

我的，他的，我們的，只屬於我倆的世界

我必須走

我必須走

我必須走，嘿

我必須走

我必須走

我的，他的，我男人，他的女人

歌曲接近尾聲時，斗哥上，葉彤和歌手們下。

斗哥：謝謝，謝謝葉彤為我們帶來一曲台灣味的美國藍調，《夜行火車回家鄉》。接下來請大家看一齣短劇。

斗哥下。燈光變化，兩位演員上，演出〈誰在一壘〉。

甲：一九九〇是台灣棒球史上重要的一年。

乙：我知道，是台灣職棒的新紀元。

甲：那年的 3 月 17 日，首季職棒聯賽開打，俗稱職棒元年。

乙：開幕典禮上，旅日棒球名將王貞治主持開球儀式，紅葉的余宏開也來共襄盛舉。電視台實況轉播，好不熱鬧。

甲：顯然你是個棒球迷。

乙：沒錯，我最愛看棒賽。

甲：什麼賽？

乙：棒賽。

甲：不會長針眼嗎？

乙：什麼啊，是棒球賽的棒賽。

甲：講清楚嘛，不然別人會以為 1990 年是台灣「棒賽」的新紀元。

乙：抱歉。

甲：其實，我們社區最近也組了一支棒球隊。

乙：是嗎？我猜每個球員都會有自己的外號吧。

甲：當然有，每個球員都有一個很特別的外號，比如說：誰在一壘、什麼在二壘、三壘我不知道。

乙：什麼？

甲：誰在一壘、什麼在二壘、三壘我不知道。

乙：啊？

甲：誰在一壘、什麼在二壘、三壘我不知道。

乙：你知道不知道？

甲：知道啊。

乙：那你告訴我誰在一壘？

甲：對啊。

乙：我是說守一壘的那個人？

甲：誰啊。

乙：我是說守一壘的傢伙是誰啊？

甲：是誰啊。

乙：你幹麼問我？

甲：我沒有問你，我在告訴你。

乙：我不管你問我或我問你，比方說，棒球隊每個月發給一壘手的薪水是誰拿走的？

甲：對啊，他幹麼不拿？

乙：誰拿？

甲：對啊。

乙：到底是誰拿的？

甲：哦，有時候他姊姊幫他拿。

乙：誰的姊姊？

甲：對啊，誰的姊姊。

乙：我只是很單純的想知道一件事：一壘手叫什麼？

甲：不對不對，二壘手叫什麼。

乙：我沒問你誰在二壘。

甲：誰在一壘。

乙：我就是想知道那個一壘手叫什麼？

甲：那就不要隨便調動他們的守備位置嘛。

乙：我沒有調動任何人的守備位置。

甲：幹麼，生氣啦？

乙：對不起，請你告訴我一壘手的名字叫什麼？

甲：兄弟，二壘手的名字叫什麼。

乙：我沒問你誰在二壘。

甲：誰在一壘嘛。

乙：我不知道啊。

甲：三壘。兄弟，咱們先別扯三壘好嗎？

乙：我沒有扯三壘，如果我要問，我會說：誰在守三壘？

甲：兄弟，請你搞清楚：誰在守一壘。

乙：那好，請你告訴我一壘手的名字叫什麼？

甲：什麼在二壘嘛。

乙：我沒問你誰在二壘。

甲：誰在一壘。

乙：我不知道啊……

甲：怎麼回到三壘了？

吳哥衝上台，打斷他們；丁姊和阿吉跟在吳哥後頭。同時，阿揚從另一個方向上。阿揚示意，讓兩位演員下。

吳哥：卡卡卡！你們在亂數演啥啦？哪會講到現在還不知道一壘的外號。

阿揚：當然知道。

丁姊：是誰？

阿揚：對啊！

吳哥：誰啊？

阿揚：是啊！

吳哥：那二壘呢？

阿揚：什麼。

吳哥：我在問你啊。

阿揚：老爸，這是文字遊戲——

吳哥：管伊蝦米文字遊戲，根本是亂七八糟，太混亂了。

丁姊：我的頭好痛。

阿吉：你們不要冤枉阿揚，我覺得這個橋段非常好。

阿揚：謝謝。

吳哥：很好？很好？你知道誰在一壘嗎？

阿吉：不知道。

阿揚：不知道是三壘。

吳哥：怎麼又回到三壘？夠了！阿斗、小彤，人呢？你們覷在後壁做啥？

　　斗哥和葉彤上。

吳哥：阿斗，你怎麼不表示意見？難道你贊成阿揚目前改的嗎？

斗哥：你不是叫我讓阿揚試試嗎？

吳哥：什麼叫試試？就是看看可不可以，又不是拍板定案。阿斗，你老實講，你感覺安怎？

斗哥：我覺得這個橋段很好笑。

吳哥：啊？

阿揚：就是嘛。

阿吉：對啊，超好笑的。

阿揚：（問阿吉）請問你是誰啊？

阿吉：我？吳哥沒跟你說嗎？

阿揚：說什麼？

吳哥：稍等再給你解釋。

斗哥：但是，它不適合。

阿揚：為什麼？

斗哥：這要連前面的那首歌一起講。小彤唱得可圈可點，合音天使的舞步也很有看頭，但是它是美國歌，加上〈誰在一壘〉這個短劇，也是美國人的，你們看出問題了吧？

阿吉：台灣要走向國際？

葉彤：沒有台灣味。

阿揚：小彤，怎麼連妳……我以為——

丁姊：人家葉姊姊比你大，怎麼可以叫她小彤？沒禮貌。

葉彤：那首歌唱起來很過癮，很有挑戰性，可是它表達情感的方式畢竟不是我們的。

阿揚：妳是說，台灣人不能唱外國歌，因為表達的方式不同？

葉彤：我沒這麼說；只是，把它擺在歌廳秀適合嗎？

斗哥：尤其台灣現在到處都在強調在地文化，土生土長的東西。歌廳秀有它的傳統，不能把它搞得不倫不類。

阿吉：我完全贊成，不，我完全反對。

吳哥：你到底是贊成還是反對？

阿吉：我已經亂掉了。

阿揚：斗哥，什麼叫不倫不類？我只是加了西洋歌曲和美式幽默，這樣就不倫不類？你有沒有注意到外面正在發生什麼事情？台灣早就不一樣了。現在年輕人在聽什麼音樂？他們在風靡什麼？而我們還在閉門造車，死守著本土，騙自己說從土地長出來的東西最美麗。我告訴你，我們的土壤很早以前就不純了。

吳哥：有話好好的講。

斗哥：所以你要把國外的那一套硬搬過來？

阿揚：照你原來的方式就會好一點？那些進香團不來還是不來，但是不來最好，我做節目可不是為了給阿公阿嬤和嬸婆看的。

吳哥：有話好好說。

斗哥：原來你看不起歌廳秀的觀眾。

阿揚：我有這麼說嗎？我只是想吸引不同的觀眾群。

斗哥：你就是看不起。

阿揚：看不起又怎樣。

丁姊：（打吳哥的後腦杓）趕快站出來排解啦，只會在旁邊有話好好說。

吳哥：是，是。阿揚、阿斗，討論可以激烈但是不能翻臉，都是為了戲好嘛，對不對？為了這一次的演出，我還是希望你們繼續討論，繼續合作。

丁姊：就是嘛，你們又不是昨天才認識的，那些氣話聽過了就算了，不要放在心上。

阿吉：是啊，家和萬事興，朋友麥計較。

阿揚、斗哥、葉彤：你到底是誰啦？

　　暗場。

　　斗哥站在台上準備排演，阿揚站在一旁。同時，一些工作人員在搬道具，後台傳來敲敲打打的聲音，有點混亂。

斗哥：我們開始吧。後台的，暫時不要敲敲打打，我們要排練了。

　　敲打聲停。

阿揚：來吧。

斗哥：讓我們歡迎，麗華戲院的首席歌手、享譽東南亞的一級唱將，
　　　葉彤！

　　葉彤上。

葉彤：斗哥好，各位親愛的觀眾大家好。斗哥，你怎麼這樣色瞇瞇地
　　　看著人家？

斗哥：我在看妳今天的打扮。

葉彤：好看嗎？

斗哥：好看極了。只是裙子這麼短，這是欠布還是縮水？

葉彤：這是我的秀服啦，平常我也不敢這麼穿。

斗哥：可惜地上沒有香蕉皮。

葉彤：要香蕉皮幹麼？

斗哥：不然我就可以滑倒在妳的裙下。

葉彤：沒見笑。

　　　阿揚上前打斷兩人。

阿揚：等一下，稍停一下。

斗哥：怎麼啦？

阿揚：這些哏會不會太餿了？

葉彤：是有一點。

斗哥：反正趣味嘛，秀場一直都是這樣玩的啊。

阿揚：但是這種玩法已經被豬哥亮、張菲、邢峰他們玩到極致了，更何況要講黃色笑話，誰比得過費玉清？我的意思是，我們可不可以玩點不一定跟性有關的趣味？

斗哥：比如說？

阿揚：就是要想啊。

葉彤：好笑的東西其實不一定要這麼直接，也不必老是拿女人的身體開玩笑吧。

斗哥：你們是說我的幽默很蠢嗎？

阿揚：我們哪有那樣說？我只是認為真正的幽默是要讓人的頭腦轉一下才會覺得好笑，就這樣而已啊。

斗哥：你以為走進歌廳秀的觀眾會在乎他的頭腦會不會轉一下嗎？

阿揚：現在是誰看不起觀眾了？

葉彤：我們其實可以拿自己的經驗開玩笑。

斗哥：比如說？

葉彤：比如說講一些歌廳秀的趣事，或者是講一些我們自己的感受。

斗哥：最有感受的就是歌廳秀已經走到了盡頭，觀眾會在乎嗎？他們為什麼不待在家裡看廖峻與澎澎的錄影帶？

葉彤：不一定。只要我們真誠對待觀眾，說出一些屬於我們自己的故
　　　事，觀眾會有感應的，比如說⋯⋯

阿揚：高凌風槍擊事件。

葉彤：鳳飛飛開黃腔被判歌監。

斗哥：豬哥亮出國留學。

阿揚：白道覬覦。

斗哥：黑道介入。

葉彤：還有禁歌。

阿揚：一堆禁歌⋯⋯

　　　這時吳哥帶著工作人員搬著道具上。

吳哥：來，把這個搬到那邊。

　　　工作人員下。

吳哥：排到哪裡了？

阿揚：排到斗哥介紹小彤就卡住了。

吳哥：才開始就卡住，會不會太誇張了？下個禮拜就要演了，這樣來
　　　得及嗎？阿斗，你有看到那個麥克風沒？

斗哥：哪個麥克風？

吳哥：肩掛式的麥克風。

斗哥：你找那個破銅舊錫做啥，早就歹去了。

吳哥：什麼破銅舊錫，那是我的傳家寶呢，那當時我和丁姊在夜市表
　　　演就是用那支麥克風起家的。來，跟我到陣找一下⋯⋯什麼破
　　　銅舊錫⋯⋯

兩人下。

阿揚：今天晚上不要出去好不好？

葉彤：你想幹麼？

阿揚：我想到妳家做東西給妳吃。

葉彤：好啊，但是我從保母家把小乖帶回到家都已經六點半了，你要怎麼煮大餐給我吃？

阿揚：我可以……

葉彤：這樣好了（從包包拿出鑰匙），你可以先進去……

阿揚：好……（伸手拿鑰匙）

葉彤：（縮手）我可以信任你嗎？

阿揚：可以。

　　葉彤把鑰匙交給阿揚，兩人順手勢牽手，這時丁姊剛好走來，兩人趕緊放手。丁姊帶著工作人員搬著之前那個道具。

丁姊：來，小心，把這個搬到那邊。

　　吳哥和斗哥上。

吳哥：喂，這個布景我不是叫你們搬到那邊，怎麼現在又搬回來？

丁姊：我叫他們搬的。

吳哥：為什麼？

丁姊：上面有貼紙，明明寫著「左舞台」。

吳哥：唉呦我不是跟妳講過了，我們說的右是觀眾的左，左舞台是面

對觀眾席的左邊，不是面對舞台的右邊。

這時進來一個不起眼的混混，講話時會故意拉開夾克，秀出身上的槍枝。

混混：借問一下，誰是這裡的負責人？

吳哥：我就是。

混混：你就是吳哥？

吳哥：沒錯，什麼代誌？

混混：聽道上說，吳哥要搞一個大型歌廳秀。

吳哥：不用道聽塗說，報紙都有刊。

混混：我是想——

丁姊：你想怎樣？

混混：想跟吳哥參詳。

丁姊：參詳蝦米？

混混：就是……為麗華戲院提供保護？

丁姊：保什麼護？就憑你這個小不點？還有這把槍是嗎？（邊說邊拿走混混的手槍，且邊講邊揮舞，嚇得旁人一直閃躲）這是真槍嗎？我看是玩具槍吧？你這個俗辣進來之前有沒有先打聽吳哥和丁姊的名號？我們是廈大畢業的嗎？你懂不懂規矩？想要分一杯羹，就要先看看有沒有搞頭。我們咬著牙根借錢做節目，會賺不賺還是個大問號，你現在就想卡油，腦筋壞掉了是嗎？你要自己滾回去還是要老娘用腳把你踢出去？

混混：歹勢，對不起，打擾了。

混混下，丁姊手裡還拿著槍。

丁姊：唉，景氣不好，連黑道都不稱頭。

葉彤：丁姊，妳好厲害喔，一看就知道是假槍。

丁姊：（腿軟）其實是真槍。

吳哥：啊？我看看。

丁姊：我一拿就知道不對勁，很重，是真槍沒錯。可是我騎虎難下，
　　　只好繼續演下去，還好他真的是俗辣。

斗哥：廈大畢業的。

阿揚：可是這槍怎麼辦？

　　　阿吉上，後面跟著段委。

吳哥：謂，阿吉，你不說兄弟你會去按耐？

阿吉：啊，發生什麼代誌？

吳哥：嘟加有一個「悶算仔」來偕恁爸恐嚇，講欲要保護費。

阿吉：幹，人呢？

吳哥：走了，那個不經小兒竟然帶一支——

阿吉：吳哥、丁姊，我來幫你們介紹，這位是咱隔壁選區的段雲龍立
　　　法委員。

　　　吳哥本來要把槍拿給阿吉看，聽到是立委，馬上偷偷傳給丁姊。
阿吉把立委介紹給他們的時候，大家傳來傳去，輪流隱藏著槍，最後
把手槍傳到葉彤手上。同時，葉彤看到了段委立即躲在一旁，被阿揚
注意到了。

阿吉：段立委今天特別來預祝咱麗華戲院演出成功。

段委：恭喜，恭喜。

吳哥：多謝，多謝。

段委：這是我的名片，將來有需要小弟幫忙的地方請儘管吩咐。

丁姊：謝謝，不敢當。

阿吉：還有，這位是阿揚，他們的兒子。

段委：幸會，幸會。

阿揚：你好。

阿吉：這位是斗哥，節目部經理兼主持人兼歌手兼演員兼——

斗哥：不要一直兼我。

段委：幸會，幸會。

阿吉：最後這位美女是——

段委：不用介紹，誰不知道有名的葉彤小姐？

　　段委伸手，葉彤勉強地跟他握手。阿吉看到葉彤傳回給吳哥的手槍。

阿吉：那是道具槍吧？我看看。

吳哥：對啦，道具槍。

阿吉：給我看看。

吳哥：道具有什麼好看的。

　　阿吉拿走手槍，手揮來揮去，除了段委外，眾人又開始閃躲。

阿吉：哇，很重呢。道具槍還這麼真實，有彈腔，還有保險鎖，可以
　　　開嗎？很厚工喔。Biang! Biang!

吳哥：（搶回手槍）好了啦。

段委：各位，我就不打擾了，開演那一天小弟一定會來捧場。

幾人：歡迎，歡迎；再見，再見。

阿揚：（問葉彤）還好吧？妳認識那個段立委？

葉彤：不認識……我突然身體有點不舒服。

阿揚：要不要我扶妳到後台休息？

丁姊：我來扶，我來扶，你們趕快處理那把槍。

　　　丁姊扶著葉彤下。

斗哥：我看還是把槍交給警察吧。

吳哥：不行，交給警察他們一定會問東問西，這個時候不能惹這種麻煩。偕伊收好，演完再來處理。

斗哥：現在怎麼辦？看來是不能排了。阿揚，阿揚？

阿揚：嗯？

斗哥：我說少了小彤，現在排不了了。

阿揚：喔。

吳哥：那就中場休息吧。

斗哥：好吧。

吳哥：走，找個安全的地方把槍藏起來。

　　　兩人下，留下沉思的阿揚。敲打聲再度響起。

　　　第一幕結束。

第二幕

舞台一角：吳哥、丁姊、葉彤、阿揚，沒有人講話，個個臉色凝重。
舞台另一角：阿吉上，拿著超大型大哥大講電話。

阿吉：Masa，我偕你講，明天下埔你替我調三四個兄弟，我要請他
　　　們看歌廳秀⋯⋯就是有代誌嘛，你問那麼多做啥？還有，叫他
　　　們一定要穿制服⋯⋯制服、制服，不是禮服啦，又不是去看歐
　　　撒拉⋯⋯制服是什麼都聽不懂，你在混什麼？制服就是全身軀
　　　都黑仔啦。⋯⋯你這個憨頭，內衫內褲是不是黑的關恁爸什麼
　　　代誌，幹！

段委上。

段委：狀況如何，趕快報告。
阿吉：狀況風雲詭譎，瞬息萬變，然而蛇化為龍，不變其文。
段委：講白話。
阿吉：白話就是，他們注定失敗。
段委：怎麼說？
阿吉：麗華戲院出現了路線之爭，雙方僵持不下差點翻臉，最後只好
　　　妥協，但妥協出來的結果是四不像，也就是說，一個不像歌廳
　　　秀的歌廳秀。
段委：要是觀眾不小心喜歡呢？
阿吉：放心，觀眾不會那麼不小心。全世界的觀眾都一樣，只要看到
　　　不熟悉的東西就會反彈。而且我已暗中安排好了，萬一觀眾喜
　　　歡我還有對策。

段委：我這邊也有對策，嘿嘿嘿。

阿吉：你的嘿嘿嘿很有暗示性喔。

段委：也有性暗示喔。

阿吉：喔？

段委：我剛剛放了一個消息。

阿吉：什麼消息？

段委：你很快就會知道了。

　　段委和阿吉下。
　　焦點轉為吳哥等人。

吳哥：小彤，那些照片是真的嗎？妳老實說。

阿揚：爸，問就問，口氣需要這麼凶嗎？

吳哥：我不是凶，我是急。如果不是真的我們可以報警，把那個散播
　　　謠言的藏鏡人揪出來。

葉彤：是真的。

丁姊：啊，妳怎麼會讓人家那樣給妳照相呢？

葉彤：我笨啊。

阿揚：好了，那是過去的事，可能是妳那時年輕不懂事，才會才會
　　　……

葉彤：我做過的事我承認，不用找理由為我開脫。

丁姊：明天就要上演了，票房只賣了一半，現在又流出那些照片，還
　　　有那些不堪的故事……

吳哥：小彤，沒想到妳消失的那幾年——

丁姊：週刊說妳在酒廊上班，是那裡的紅牌，專門勾引有錢的客人，
　　　後來不小心懷孕，連是誰上了本壘也搞不清楚——

吳哥：誰不是一疊嗎？

丁姊：是嗎？

阿揚：你們在講什麼啦？

丁姊：都是你那個短劇啦——我講到哪裡了？對了，週刊還說妳勾引有家室的富商又把人「放撒」，那富商為了妳自殺，開車開到了北海岸衝出柵欄，掉進了海裡。我有點納悶，在東北角掉進海裡到底是掉進了台灣海峽還是太平洋？

吳哥：剛好是台灣海峽和太平洋的交界，如果屍體往南飄就是台灣海峽的孤魂，如果往北飄就是太平洋的野鬼。

阿揚：你們有完沒完啊？

丁姊：小彤，這些都是真的嗎？

葉彤：當然不是真的。

丁姊：但是那些照片哪來的？

葉彤：沒什麼好說的。

丁姊：小孩呢？生父到底是誰？

葉彤：我需要跟你們交代那麼清楚嗎？

阿揚：媽，孩子是小彤的私事，妳問那麼清楚幹麼？何況那個人已經死了。

丁姊：死了，真的嗎？

葉彤：真的。

吳哥：那就不可能是他了，可是到底是誰在散播這些照片的，妳應該心裡有數吧？

葉彤：這是我的私事，我覺得沒有必要說。

丁姊：我們把妳當家人看待，卻到今天才發現妳以前有那麼多故事。

葉彤：謝謝丁姊，你們一直對我很好，還給我機會復出，可是我覺得沒有必要拿我個人的事來煩別人。

吳哥：顯然有人知道妳的私事，刻意選這個時機抖出來，分明就是要搞垮這次的演出。這樣好了，我們馬上開記者會。

阿揚：開什麼記者會？

吳哥：讓小彤開記者會，在攝影機面前一把鼻涕一把眼淚的懺悔。

葉彤：我不要。

吳哥：為什麼不要？妳可以趁這個機會闢謠，還可以打知名度。

葉彤：我不想。

吳哥：唉，妳不要、妳不想，那我們的演出怎麼辦？

阿揚：爸，你不能勉強小彤。

丁姊：阿揚，你為何什麼都向著她？

葉彤：好，如果真的要開記者會沒問題。

吳哥：太好了。

葉彤：不過，我要全部講實話。

吳哥：不不不，不用全講實話，講一些對妳有利的實話就可以了。

葉彤：那就算了。

丁姊：小彤，妳怎麼這麼固執，難道妳不為別人想嗎？

葉彤：難道你們有在為我想嗎？

吳哥：我不管妳怎麼想，但是無論如何妳有責任讓這次演出平平順順，至於這一檔之後妳要怎樣我不在乎，反正我本來就是打帶跑的，演完之後，我只能說隨人顧性命。

斗哥衝上來。

斗哥：吳哥，丁姊，你們一定不相信發生了什麼事。

吳哥、丁姊：什麼事？

斗哥：因為那些照片，我以為這下子完了，沒想到沒想到……

吳哥：沒想到什麼你趕快說啊。

斗哥：沒想到電話一直進來，很多人打來要訂票。

吳哥：真的啊，太好了。

丁姊：太好了，戲院有救了。

葉彤：記者會還開不開？

吳哥：開，開，開什麼玩笑，當然不開，讓他們繼續抹黑，越黑越旺。

　　　葉彤失望地走開，後台傳來電話聲響。

斗哥：又來了。

　　　斗哥下。

阿揚：爸，我對你很失望。

吳哥：你在講什麼瘋話？作兒子的有什麼資格對爸爸失望？

阿揚：原來這一次是最後一次，原來你只是想趁歌廳秀還沒斷氣之前，
　　　好好撈它最後一票。如果是這樣我和斗哥在吵什麼？我們何必
　　　浪費力氣？

丁姊：阿揚，有些時候人得看清事實：歌廳秀已經回不去了。

阿揚：這個我知道，我雖然天真但不是白癡。但是再怎麼樣，歌廳秀
　　　的某些東西是值得延續的。

吳哥：再見就再見，我不知道有什麼可以延續的。

阿揚：所以你們搞投機，利用別人的熱情，口口聲聲說把小彤當做家
　　　人，其實根本不在乎她的感受。

丁姊：我再問你一次，阿揚，你為什麼一直幫小彤講話？

阿揚：我喜歡她，希望能跟她在一起。

丁姊：小彤呢？她怎麼說？

阿揚：她也喜歡我，願意跟我試試。

丁姊：這怎麼可以！她年紀比你大，還拖個油瓶，也不知道跟誰生的。

阿揚：夠了，不要講那麼難聽。我愛她，只知道她善良有擔當，這樣就夠了。

丁姊：不行，我不准！

吳哥：你這孩子被愛情沖昏頭了。

阿揚：這是我的選擇，你們管不著。我跟小彤會把這檔戲演完，到時候你們對她的態度如果還像這樣，我會跟著她離開。

丁姊：阿揚！

吳哥：你這個囡仔。

　　　阿揚走離他們。

丁姊：唉。

吳哥：袂睬伊，咱們來找那支麥克風卡重要。

丁姊：還沒找到喔？

吳哥：就是傳家寶不知走到哪裡去才會代誌亂糟糟啊。

　　　丁姊和吳哥下，阿揚對觀眾說話。

阿揚：我從小在戲院長大，看過歌廳秀最風光的時期，也看著它慢慢的沒落。以前很討厭歌廳秀，認為裡面的人都很腐敗，等到它快消失了才懂得珍惜。但是我珍惜什麼呢？我爸爸的態度太現實，而我的呢？會不會太天真？歌廳秀真的死了。可是它留下了什麼？

熱鬧的音樂起。

阿揚：儘管風波不斷，一片混亂，我們沒有開天窗。第二天晚上，開
　　　幕秀如期推出。請看。

　　　新戲上場：吳哥和丁姊擔任主持人。音樂起，兩人帶領著舞群，
先來一首蔡小虎的《愛人醉落去》。

吳哥：窗外有陣陣的風雨
　　　管他天色多麼的黑
丁姊：只要有我的照顧
　　　頭前的路有多甘苦
吳哥：不免你來操勞
　　　暫時來快樂過日
丁姊：心事將伊丟一邊
　　　啊啊真心來敬你一杯
兩人：歡歡喜喜過一生
　　　愛人喲伊喲伊喲伊
　　　愛人喲伊喲伊喲伊
　　　醉落去甭想過去
　　　過去算啥咪
　　　愛人喲伊喲伊喲伊
　　　愛人喲伊喲伊喲伊
　　　過一個好暗暝
　　　我的愛人醉落去

間奏，音樂淡去，

吳哥：各位親愛的觀眾大家好，我是吳哥。

丁姊：我是丁姊。

吳哥：今天由我們為大家主持。

丁姊：請多多指教。

吳哥：我說丁姊，妳我在一起多久了？

丁姊：你是說在舞台上搭檔多久？還是走在一起多久？

吳哥：當然是搭檔多久，誰在乎我們睡在一起多久。

丁姊：講話這麼粗魯，怪不得你第一次到我家提親就被我爸爸趕了出去。

吳哥：妳的記憶有問題吧，我才剛進門妳爸爸就把我奉為上賓，感謝我終於要娶他沒有人要的女兒。

丁姊：亂講，人家我年輕的時候可是身材曼妙、婀娜多姿，笑起來賽似一代妖姬崔台菁呢。那時候啊，很多仰慕者前來追求，把我家搞得像名勝古蹟似的。

吳哥：妳家如果是名勝古蹟，我就是吳哥哭。

丁姊：你是說柬埔寨的——

吳哥：不是啦，是吳哥在哭啦。

丁姊：吳哥哭什麼？

吳哥：吳哥在哭，那麼多笨蛋在追求妳，為什麼不幸讓我得逞。

丁姊：娶了我有什麼不好？

吳哥：剛結婚的時候妳像崔姬，多年之後變成老母雞。

丁姊：哼，你也好不到哪去，嫁給你的時候是秦祥林，沒過幾年變張帝。

吳哥：好了，別鬧了。說真的，妳我搭檔也有二十多年了。

丁姊：從歌廳秀的草創時期就開始合作。

吳哥：最早是在橋腳。

丁姊：後來搭起了帳棚。

吳哥：後來換到夜市。

丁姊：從夜市換到工地。

吳哥：就這麼一路唱進了戲院。

丁姊：從戲院唱到夜總會。

吳哥：我很想寫一部回憶錄。

丁姊：題目是？

吳哥：我的發跡史：從鐵皮屋到暴發戶。

丁姊：那應該是上集。

吳哥：還有下集？

丁姊：下集是：從暴發戶到只剩內褲。

吳哥：唉，至少我們曾經風光。

丁姊：其實風光的時候日子也不好過。

吳哥：歌廳秀最夯的時候，競爭激烈。

丁姊：要跟同行搶人。

吳哥：還要跟黑道周旋。

丁姊：要應付藝人搞怪。

吳哥：更要防警察臨檢。其實，我有點懷念警察。

丁姊：神經啊，你懷念警察幹麼？

吳哥：警察不來取締，我不知道什麼是禁忌。

丁姊：也對，少了禁忌，歌廳秀就像是一把槍卻沒有「槍子」（台語）。

吳哥：說到「槍子」，不是，說到禁忌，以前真的是無所不在。

丁姊：到處都是地雷，隨便一踏步就中標。

吳哥：那真是令人懷念的美好時代。

丁姊：啊，怎麼會呢？

吳哥：我們搞娛樂的都是黑白來誤打誤撞，哪知道什麼歌會紅啊？但是只要是警總嚴厲禁止的，我們知道那個一定紅。

丁姊：原來美國有排行榜告示牌，台灣有警總。

吳哥：偷偷告訴妳，我有點懷念警總。

丁姊：怎麼可以。

吳哥：好吧，不能懷念警總，懷念老歌總行吧？

丁姊：要懷念老歌，不如懷念禁歌。

吳哥：沒錯，禁歌才值得懷念。

丁姊：請大家觀賞下一個單元。

兩人：「話說從前唱禁歌」。

　　阿揚、葉彤、斗哥上。音樂起，阿揚和葉彤合唱一曲台語版的《給我吻一下》（禁歌部分，斗哥和阿揚的角色可對調）。

阿揚：給我吻一下 好勢啊不好勢
　　　　看著妳的面皮 幼軟啊攔幼白

葉彤：面皮是我的 要吻著講價
　　　　錢銀我無愛提 愛你在土腳爬

斗哥：凍著，凍著。

阿揚：怎麼啦？

斗哥：這是禁歌。

葉彤：為什麼？

斗哥：什麼親一下，可以不可以？不可以。違反善良風俗。

葉彤：親一下也不可以？

阿揚：那時候的人怎麼生小孩？

斗哥：在那個純情的年代，只要牽個手就懷孕了。

葉彤：如果抱在一起呢？

斗哥：保證雙胞胎。

葉彤：胡說。

阿揚：八道。

斗哥：說到禁歌，台灣有一段源遠流長的歷史，故事得從日本時代開始講起。

《街頭的流浪》前奏起。

阿揚：景氣一年一年歹 生理一日一日害
　　　頭家沒趁錢 轉來吃家己
　　　唉呦唉呦 沒頭路的兄弟

斗哥：這首歌叫《街頭的流浪》，1934 年日本時代由周玉當作曲，守真作詞，是台灣史上第一首禁歌。

葉彤：它為什麼被禁？

斗哥：根據官方的說法是……阿諾（亂講日語）……我翻譯給你們聽：「整個歌詞全體充滿頹廢的生活氣氛以及一種難以命名的被壓迫觀，並具備許多虛無主義的自暴自棄的要素。」

阿揚：文筆不錯嘛。

斗哥：所謂欲加之罪，何患無辭。到了 1973 年更厲害，新聞局頒布了出版法，一共列出十二條查禁的理由。

阿揚：哪十二條？

斗哥：違反國策、為匪宣傳、抄襲匪曲、詞意頹喪、內容荒誕、意境

晦淫、曲調狂盪、狠暴仇鬥、時代反應錯誤、文詞粗鄙、幽怨哀傷和文理不通意識欠明朗。

葉彤：最後一條是什麼？

斗哥：文理不通意識欠明朗。

葉彤：文理不通也不行？照這麼辦現在很多歌都會被禁的。

斗哥：戒嚴時期被禁的歌可多呢，鄧麗君的《何日君再來》被禁。

阿揚：為什麼？

斗哥：警總認為「君再來」的「君」影射的是共匪的八路軍怎麼還沒打來。

葉彤：想像力真豐富，警總的人都應該去搞文學。

斗哥：姚蘇蓉在歌廳唱完《負心的人》，才下台就被警總帶回去問話。

阿揚：靡靡之音。

斗哥：還有她的《今天不回家》。

葉彤：（唱）今天不回家。

斗哥：不行，犯大忌。

葉彤：為什麼？

斗哥：不回家表示不反攻大陸，怎麼可以。

阿揚：這麼說《四季紅》也不行咯？

斗哥：當然不行，那時候紅的黃的都不行，不過有些歌被禁的理由更是莫名其妙。音樂請。

歐陽菲菲的《熱情的沙漠》前奏起。

葉彤：我的熱情　好像一把火　燃燒著整個沙漠
　　　　太陽見了我　也會躲著我　它也會怕我這把愛情的火

阿揚：它被禁的理由是太熱情？

斗哥：不是。

葉彤：把台灣比作沙漠？

斗哥：不是。

阿揚：我知道了，「你給我小雨點　滋潤我心窩」有性暗示？

斗哥：喂，你想像力怎麼比警總還要澎湃。

葉彤：到底為什麼被禁的？

斗哥：就是歌詞裡面沒有寫的「啊」？

葉彤：啊？

阿揚：啊？

斗哥：什麼鴉跟鴉，我還雞呢。妳再唱一遍。

葉彤：（清唱）我的熱情　啊

　　　好像一把火　燃燒著整個沙漠

　　　太陽見了我　啊

斗哥：好，停。就是那個「啊」。

葉彤：「啊」怎麼啦？

斗哥：太淫蕩。

葉彤：「啊」不行，那我這樣唱可以不可以？「我的熱情 喔 好像一
　　　把火 喔」。

斗哥：更不行，感覺好像「深喉嚨」。

葉彤：噁心，真低級。阿揚，斗哥他欺負我。

阿揚：啊？

葉彤：斗哥在欺負我啦。

阿揚：啊？

斗哥：他正在陶醉，別吵他。

葉彤：你們這些臭男生。

斗哥：在那個肅殺的年代，很多歌遭受了無妄之災。不過，有些歌卻是希望被禁。

葉彤：為什麼？

斗哥：為了標新立異或者是想紅。

阿揚：比如說？

斗哥：《把我自己掏出來》。

阿揚：那怎麼可以。

斗哥：有些歌則被當局改得面目全非。音樂請。

《雨夜花》前奏起。

葉彤：雨夜花　雨夜花　受風雨吹落地

　　　無人看見每日怨嗟　花謝落土不再回

斗哥：日本人搞皇民化運動，硬是把《雨夜花》改成《榮譽的軍伕》。

葉彤：紅色彩帶　榮譽軍伕

　　　多麼興奮　日本男兒

阿揚：我的媽呀，什麼歌詞啊。

葉彤：講到禁歌，有一個人不能不提，就是詞曲作家呂金守。呂先生可以說是台灣的歪歌始祖，他和警總周旋的故事值得拍成一部電影。

兩男：是嗎？

葉彤：他第一首被禁的歌曲叫《無頭路》。

阿揚和斗哥合唱。

兩人：無頭路　無頭路　趖來趖去無頭路

南爿行來到北爿　也是無頭路

東爿行來到西爿　猶原也是無頭路

葉彤： 可想而知，在集權制度下，凡是提到失業的歌曲都會被禁。有一次，呂先生到台東採歌，聽到卑南族部落在傳唱的《爽歪歪》，呂先生很喜歡，可是他知道「爽歪歪」一定過不了警總這一關，所以把它改為「你爽我嘛爽」，結果……

（註：以下這段請演員注意，千萬不要刻意學外省鄉音或台灣國語，務必照原來的腔調。）

斗哥：（扮警總）這是什麼歌啊？不三不四。

阿揚：（扮呂先生）報告長官，沒有不三不四，「你爽我也爽」的意思就是你歡喜我也歡喜。

斗哥： 那為什麼不叫「你歡喜我也歡喜」？

阿揚： 好啊，沒問題，就改成「你歡喜我也歡喜」。

斗哥： 等一下，「歡喜」也不行。聽我的，改成「你喜歡我也喜歡」。

阿揚： 請問長官，「歡喜」跟「喜歡」有什麼差別？

斗哥： 這你就不懂了。「歡喜」聽起來有點色情的味道。

阿揚：「喜歡」就沒有嗎？

斗哥： 一般人行房之後會說「好歡喜」，絕對不會說「好喜歡」。

阿揚： 中文太深奧了。

斗哥： 你自己呢？

阿揚： 我什麼？

斗哥： 你做那檔事之後會怎麼說？

阿揚： 我通常做完就睡著了，不過要是被愛人逼問「感覺怎樣啊？」我會說「很爽」。

斗哥：這不就結了，「你爽我也爽」沒有性暗示才怪，還敢說我故意刁難。

葉彤：後來，呂先生把歌名改為「你舒服我也舒服」，唱片才剛上市就勒令回收，一張都不能少。一直要等到 1970 年，黃俊雄的《雲州大儒俠》多了一個酒鬼的角色叫「醉彌勒」，呂金守趁這個機會把歌名改為《合要好合要爽》，結果大受歡迎，傳唱到今天。

　　音樂起，斗哥和阿揚合唱黃西田和康弘的版本，邊唱邊喊酒拳。

兩人：咱若是心頭仔結一球

　　　就來飲酒 sip 一下 sip 一下

　　　外好你干哉

　　　（喊拳）呼我飲一杯

　　　（喊拳）換我飲一杯

　　　請大家燒酒飲一杯

　　　後面還有 whisky 盡量沒關係來來姊妹朋友跟好兄弟

　　　啊要來 sip 一下 sip 一下

　　　外好你干哉

　　　外好你干哉

　　　外好你干哉

　　　三位：謝謝各位。

　　燈暗。

　　燈亮。阿吉和段委在戲院廁所。

段委：你不是說節目一定爛嗎？

阿吉：我也不知道。

段委：觀眾一直在鼓掌，還笑個不停。

阿吉：今天的節目跟我前幾天看的完全不一樣。我以為他們會卡在路線之爭，沒想到——

　　一名穿警服的演員走進，兩人嚇了一跳。

阿吉：長官好。

演員：沒啦，我是演員啦。

阿吉：吼，有夠像的，害恁爸ㄔㄨㄚˋ一下。

段委：又沒做虧心事ㄔㄨㄚˋ啥。

　　演員下

阿吉：今天會爆滿還一票難求，其實都要怪你。

段委：為什麼？

阿吉：你說你有個必殺的絕招，結果居然是放那種消息？

段委：我要把他們鬥臭鬥垮啊。

阿吉：你全搞錯了，染黃這檔事在娛樂圈可是加分的。

段委：這麼腐敗。解嚴的台灣實在太沒道德意識了，我連任之後一定要道德重整。哼，總有一天藝人會因為亂搞男女關係而身敗名裂。

阿吉：（轉身對觀眾說話）萬沒想到，這傢伙一語成讖：幾年之後，台灣出現了狗仔文化，專挖名人醜事，只要揭發某人不軌的形

跡，此人必然會從天堂掉入地獄，藝人因此受害連連，政客死得更慘。

段委：等一下。

阿吉：啊？

段委：你在講獨白嗎？

阿吉：是啊。

段委：怎麼連你都有獨白，為什麼我沒有？

阿吉：因為你這個人沒感情，不給你獨白。

段委：你這放高利貸有什麼感情？

阿吉：我的感情才豐富呢，我是這齣喜劇的悲劇英雄。

段委：幹，你若是悲劇英雄，恁爸就是哈姆雷特。

阿吉：你聽我講，其實我的內心很衝突。我愛歌廳秀，自細漢看到大，本來是看熱鬧，後來是看門道。這一次你要我去破壞演出，破壞成功了才有好處，可是我又希望歌廳秀永遠不倒，於是我就陷在利益與藝術之間的糾結。

段委：別噁心了，趕快回到現實吧。

阿吉：對，回到現實。段立委，我得提醒你，那些照片的底片你有收好吧？要是萬一被人知道——

段委：放心啦，都收在家裡的保險箱。

阿吉：那就好。現在先別急，我們繼續看下去，必要的時候我會有動作的。

段委：好，可是無論是什麼動作，就是不能把我牽扯進去。

阿吉：了解。

燈暗。
另一區燈亮：斗哥與阿揚。

斗哥：我跟你講一件事你不要轉頭。我叫你不要轉頭，你還一直轉。

阿揚：歹勢。

斗哥：在你背後，我十點鐘的方向，我的十點鐘方向，你看表幹麼？

阿揚：喔。

斗哥：不要轉頭。

阿揚：喔。

斗哥：你這傢伙要是去搞諜報，第一天就陣亡。

阿揚：十點鐘有什麼？

斗哥：阿吉正在跟段立委咬耳朵。

阿揚：那有什麼？

斗哥：我這幾天在道上聽說，姓段的跟某財團有勾結，而那個財團一直想要買下這個地段搞商場。

阿揚：阿吉不是站在我們這邊的嗎？

斗哥：是嗎？我看他是來臥底的吧。剛才我看到阿吉入場的時候，帶了幾個兄弟混在觀眾裡面。

阿揚：他們想幹麼？

斗哥：不知道。我們要小心，可能會有狀況。

阿揚：我們能怎麼辦？

斗哥：放心，秀場混久了，什麼狀況沒見過。我們要莊敬自強，處變不驚。

燈暗。

黑暗中傳來主持人的聲音：「短劇時間：大老二」。短劇演員建議如下：少婦（葉彤）、甲男（斗哥）、乙男（阿揚）、貴婦（丁姊）、憨面仔（吳哥）、警察。

燈亮。兩男一女圍著一張牌桌，或坐或立。牌桌上有一副撲克牌。

少婦：貴婦又遲到了，每次都這樣。

甲男：她喜歡讓人等，不然怎麼叫貴婦。

乙男：大老二三個人也可以打，要不要我們先來？

甲男：不要啦，三個人牌很難算。

少婦：為什麼突然要打大老二？麻將不是很好嗎？

甲男：每次打麻將都是貴婦在贏錢。

乙男：常常一吃三，她從我們三個身上可撈了不少錢啊。

甲男：所以我想換個花樣，看看結果如何。

少婦：換花樣我不反對，可是大老二這個名字實在很難聽。

乙男：不要想歪就好了。

少婦：不是我想歪，是我老公想歪了。

甲男：怎麼啦？

少婦：我今天出門時跟他說，我要去玩大老二，他馬上從床上起來跟
　　　我翻臉說，「怎麼，妳嫌我的小啊」你們說神經不神經。

甲男：妳就換個說法嘛，大老二又叫「階級鬥爭」。

少婦：太血腥了吧。「喂，老公，我要去玩階級鬥爭。」他一定以為
　　　我要上街頭搞什麼運動。

乙男：大老二還有個名字，叫「步步高昇」。

少婦：也不行，他會以為我在諷刺他。

乙男：為什麼？

少婦：他最近失業。

乙男：妳就不會騙他，說是打麻將不就結了？

少婦：繼續打麻將不是更乾脆？

甲男：因為我覺得貴婦耍老千，我想把她耍回來。

少婦：什麼意思？

甲男：我們三個可以合作，把她幹掉。

少婦：好啊。

乙男：怎麼合作？大老二名堂那麼多，怎麼打暗號？

甲男：我最近認識一個老千，他教我怎麼打暗號，你們過來。

　　三人圍成一圈，嘰哩呱啦一會兒，然後像球員似的喊口號後散開，排成一列，面對觀眾。

甲男：我們來複習一遍。我說暗號，大家一起做動作。

兩人：OK。

甲男：開始！黑桃、紅心、梅花、方塊、單張、一對、三條、順子、葫蘆、四大金剛、同花順，步步高昇。

　　隨著口令，三人整齊劃一地做出暗號。

甲男：很好，這次快一點。黑桃、紅心、梅花、方塊、單張、一對、三條、順子、葫蘆、四大金剛、同花順，步步高昇。最後一次：黑桃、紅心、梅花、方塊——

　　貴婦上，三人馬上變成打太極拳。

貴婦：歹勢，歹勢，遲到了。上桌吧，啊，麻將呢？

乙男：麻將太髒，拿去洗了。今天玩大老二。

貴婦：唉呦，好難聽喔。

少婦：就是嘛，怎麼可以在貴婦面說大老二？

貴婦：大老二我不熟，等一下我打得慢不要怪我喔。

　　　開始打牌。

貴婦：我先出。

　　　三人動作頻頻。

貴婦：你們怎麼啦？身上有跳蚤嗎？

　　　三人繼續打暗號。

貴婦：哈哈，一條龍。
少婦：怎麼會這樣？
甲男：妳不是說不太會嗎？
貴婦：運氣啦。一條龍幾倍啊？拿錢來。

　　　突然，憨面仔帶著警察出現。

憨面仔：給我找到了！
貴婦：你怎麼知道我在這兒？
憨面仔：我派人跟蹤妳，還把警察叫來。
甲男：對不起，你是誰啊？
憨面仔：我是憨面仔，來抓人的。這個女人是老千，專門詐賭。
少婦：原來妳不是三芝來的貴婦。
憨面仔：什麼三芝的貴婦，她是在芝山一帶混的騙徒。你們在玩什麼？

甲男：大老二。

憨面仔：笨蛋，大老二她最在行了，道上流行的暗號就是她發明的。

乙男：什麼暗號？

憨面仔：就是黑桃、紅心、梅花、方塊、單張、一對、三條、順子、
　　　　葫蘆、四大金剛、同花順，步步高昇。

　　憨面仔邊說邊動作，其他人也跟著做。

甲男：好啊，原來妳這傢伙。

憨面仔：警察先生，就是她，把她帶回警察局。

警察：好。

　　警察走向貴婦，突然，兩名黑衣男子衝上台。所有演員嚇了一跳，
面面相覷。

憨面仔：你們是？

黑衣甲：我們是來討債的。

憨面仔：我才是來討債的。

黑衣乙：我們真的來討債，不是在演戲。

　　兩人開始動粗，把牌桌掀翻。

黑衣甲：看你們怎麼演下去。

丁姊：怕怕怕，怕你啊。你們知道老娘是誰嗎？老娘是貴婦還怕你討
　　　　債啊。

黑衣乙：我們不是假流氓，是真黑道。

斗哥：我們的警察也是真警察。警察大人！

警察：什麼事？

斗哥：把他們抓起來。

警察：沒問題。

　　警察在斗哥、阿揚等人協助下，制伏了兩人。

吳哥：哈，真真假假，假假真真。老實告訴各位觀眾，我不是憨面仔，
　　　　我是黑面仔。

斗哥：原來您是包青天，包大人。

吳哥：正是老夫，今日微服出巡來到台灣正好主持公道。來人啊，叫
　　　　他們兩個跪下。給我從實招來，是誰派你們來鬧場的，不是，
　　　　來討債的？

　　兩人不說，阿揚等人施壓，讓他們痛得哀哀叫。

吳哥：說不說？說了我就放你們走。

黑面甲：我說我說，是阿吉叫我們來的。

斗哥：阿吉在附近嗎？

後臺：抓到了！抓到了！

　　有人押著阿吉上。同時，假警察和其他人把黑衣甲乙帶出場。

阿揚：報告包大人，阿吉抓到了。

吳哥：把他押上來。

阿吉：各位觀眾，不要被騙了，這不是演戲，他們真的挾持我，違反

我的人身自由。

丁姊：包大人，你看這個刁民，一上來就胡說八道。

阿吉：我真的是被他們抓來的。

吳哥：沒錯，你是被我老包抓來的。阿吉，你老實說，找人來討債是你的意思，還是後面有藏鏡人？老實說，我就放你一馬。

阿吉：既然是演戲，你能奈我何？難道還當著眾人面前逼供嗎？

吳哥：這……

斗哥：包大人，要不要用刑？

吳哥：這……

斗哥：用刑啊，用刑啊。

就在阿吉得意地笑出來時，一名真的菜鳥警察拿著手槍衝上台。

真警察：大家不要動！

突如其來，眾人面面相覷。

阿揚：怎麼又跑出──

葉彤：大家不要慌張，這也是演戲的一部分。

丁姊：（拉她回去）放棄吧，我自己也亂掉了。

真警察：警方接獲密報，這個戲院私藏槍枝，負責人在哪？

吳哥：報告警察，那個槍枝我可以解釋，完全是誤會。可不可以等我們演完──

阿吉：哈，各位觀眾个要上當，我被他們抓起來是真的，但是這個警察是假的。

阿吉走向警察。

真警察：不要動！不要過來！不然我開槍喔！
阿吉：你開槍啊！開啊！

　　阿吉奪走警察的手槍，開始揮舞起來。

阿吉：這個是道具槍以為我不知道啊。各位觀眾你們看，這個道具槍
　　　做得很逼真，有槍膛還有保險鎖，但其實是假的，不然我打開
　　　保險隨便對哪個開槍試試。

　　阿吉用槍輪流對準幾人。

吳哥：阿吉，不要開玩笑，我沒有騙你，他真的是警察。
阿吉：你？還是你？還是……

　　最後阿吉朝上方開槍，砰的一聲，水泥灰掉下來，撒在他身上。
阿吉被嚇得慘叫一聲，兩腿一軟跪在地上。吳哥上前搶走手槍，吳哥
將手槍交還給真警察。

吳哥：警察先生，這是你的槍。
真警察：謝謝。
吳哥：收好，不要再被搶走了。
真警察：不好意思，我第一天上班。
吳哥：沒關係。關於那把槍，演完我一定會給你明白的交代。
警察：好。

吳哥：你現在先幫我審問他，到底是誰指使的。

真警察：對，好。阿吉，你的麻煩不小，搶走警察的配槍還威脅眾人的性命，趕快老實說。

吳哥：到底是誰在背後指使的，趕快說。

吳哥：快說，有沒有？

阿吉：有，有。

吳哥：誰？

阿吉：是段雲龍立法委員。段立委收了財團的錢，要我幫他破壞今天的演出。

吳哥：人呢？在現場嗎？

阿吉：有，他就坐在那邊。

幾人：在那！看到了！在那！

吳哥：真有此事？段立委，要不要上來說明一下？

　　段委出現在觀眾席的中間走道，走上台。

段委：這是什麼前衛劇場？居然把觀眾也扯進來，莫名其妙。各位鄉親，我可以對天發誓，我只個無辜的觀眾，這位叫阿吉的我剛剛才認識。

阿吉：段委，你真的就這樣斷尾求生啊，就是你派我來搞破壞的啊。

段委：不要血口噴人，你有證據嗎？就憑你這個地方小流氓，想要指控國會立委。我不想留在這聽你們胡說八道，我走了。

真警察：這……

吳哥：這……

　　段委往外走。

葉彤：等一下，你不能走。

段委：為什麼？

葉彤：警察先生，我要當大家的面指控他。

阿揚：小彤？

真警察：指控什麼？

葉彤：報紙上那些照片就是他惡意散播的。

阿揚：怎麼會這樣？

真警察：如果是真的，那可是犯了妨礙祕密罪的。

葉彤：阿揚……

段委：對不起，關於那些照片我完全不知情，大家別聽那個女人胡說
　　　八道。

葉彤：我沒胡說八道，那些照片就是他照的。

阿揚：妳跟他……

段委：亂講，妳有證據嗎？

葉彤：我是受害者，我就是人證。

段委：又來了，一個私生活不檢點的藝人指控我這個堂堂立法委員，
　　　妳覺得大家會相信誰？

真警察：葉小姐，口說無憑，需要證據的。

葉彤：我——

阿吉：我知道證據在哪。

段委：阿吉！

阿吉：他親自告訴我的，照片的底片就鎖在他家的保險箱裡，只要派
　　　人去搜就有了。

真警察：段立委，已經有兩名人證指控你了，麻煩你跟我到警局說明
　　　　清楚。

段委：荒唐到極點，我幹麼跟你談。

　　段委往外走，真警察跟著在後頭。

真警察：段立委，段立委！

　　吳哥和丁姊扶起阿吉，帶著他下，燈漸暗。
　　燈漸亮。化妝室：葉彤與阿揚。葉彤在衣架後換掉戲服。

阿揚：怎麼會這樣⋯⋯妳怎麼會跟那種人？
葉彤：我怎樣？

　　斗哥出現，兩人不察。

阿揚：妳總要給我一個解釋吧？
葉彤：我幹麼跟你解釋？我認識你之前的事是我自己的事，跟你無
　　　　關。
阿揚：難道那孩子也是妳跟那傢伙生的？
葉彤：什麼那孩子？突然之間小乖變「那小孩」？你看不起我了嗎？
斗哥：阿揚，你實在是太過分了。你根本只是個小孩，沒資格談戀愛。
阿揚：不要管我，我現在心情很亂。
斗哥：阿揚！你給我回來。

　　阿揚下，斗哥追上去。

葉彤：段立委一離開戲院，馬上衝回家把那些底片燒毀，警察沒有搜

索票也奈何不了他。經過這麼一鬧，我們的演出變成了社會事件。第二天早上，我帶著小乖離開。當時心情很低落，感覺這輩子只能不斷的流浪，從這一站唱到下一站。要不是阿揚那麼咄咄逼人，我其實會跟他說實話。小乖的爸爸是別人，我們很相愛，可惜後來他生病過世了。和段立委那一段，發生在我最荒唐的歲月，沒想到他竟然……歌廳秀結束了，我有些不捨，也有點慶幸。它的結束代表一個時代的結束，也代表新時代的來臨。如果我不害怕外面的改變，不害怕改變自己，誰說我找不到出口？

　　吳哥和丁姊回到舞台。

吳哥：已經一年多了，阿揚四界找就是找沒人……
丁姊：不要再回想了，越回想越傷感。
吳哥：最後，雖然那個段立委奸計沒有得逞，但是戲院還是撐不住。
丁姊：另一個財團得逞了。
吳哥：所謂江山代有財團出。
丁姊：我們趕不上時代的腳步。
吳哥：歌廳秀就這麼「堪牽一媽似」。
丁姊：走吧。
吳哥：走吧。
丁姊：答應我一件事。
吳哥：什麼事？
丁姊：明天開始要全心全意的幫阿揚找到小彤。
吳哥：好。

阿揚上。

阿揚：爸、媽。

丁姊：阿揚。

吳哥：你還真的來了。

丁姊：你果然看懂我的訊息。

阿揚：什麼訊息？

丁姊：就是 78236071859183426 19539491，意思是「今天晚上爸媽要憑弔歌廳秀希望你來麗華會合」。

阿揚：什麼啊？我以為妳說「六合彩再次槓龜老娘很不爽決定打你爸爸出氣」。

丁姊：啊？

吳哥：可是你怎麼會來這裡？

阿揚：斗哥約我在這裡見面，他有小彤的線索。

丁姊：太好了，可是人呢？

小彤和斗哥上。

阿揚：應該快到了吧。爸、媽，只要有新的線索，我明天就出發。

丁姊：我們跟你去。

阿揚：不用，我自己去就可以了。

吳哥：不行，我們也要去。

丁姊：阿揚，我告訴你，爸媽一直有個心願，就是希望有個機會，當面向小彤道歉。

吳哥：對，尤其是我，我什麼都只看生意，完全忽略了她的感受。

葉彤：不用道歉。

吳哥：啊？

阿揚：小彤。

丁姊：妳回來了。

斗哥：最後一天怎麼能不來。

葉彤：吳哥、丁姊，我一直沒有怨你們——

丁姊：不，妳應該怨我的，我的觀念太死板了。

葉彤：我也有錯，如果早一點讓你們知道我的過去，你們也不會那麼
　　　驚訝。阿揚……

阿揚：小彤……

斗哥：吳哥、丁姊，我們到後面看看。

吳哥：看什麼啦？後面都是垃圾。

丁姊：就是啊……喔，對對對，後面要去看一下。

吳哥：……喔，是喔……走，咱來去看糞掃。

　　　三人下。

葉彤：我知道你這一年都在找我。

阿揚：我唯一的心意，就是不管妳會不會原諒我，一定要當面跟妳說
　　　對不起。

葉彤：我既然來了，就已經原諒你了。

阿揚：沒關係，只要妳原諒我，我的日子就過得下去，不管以後能不
　　　能在一起。

葉彤：那就好。

阿揚：我一直把事情想得太天真，把愛情想得太浪漫。（掏出鑰匙）
　　　這是妳家的鑰匙。

葉彤：你留著。

阿揚：啊？

葉彤：我換門鎖了。

阿揚：喔。

葉彤：騙你的啦，鑰匙你留著。

阿揚：真的？

葉彤：真的。整件事我不能全怪你，也要怪我脾氣太硬，沒有耐心。

阿揚：葉彤。

　　　兩人擁抱，正要親吻時，吳哥等人上。吳哥拿著肩掛式的麥克風。

吳哥：找到了，找到麥克風了。哈哈，恁爸又要發了。

丁姊：發你個頭啦，平安就好。

吳哥：（對著麥克風試音）喂？喂？各位觀眾朋友大家好。

丁姊：完滿，真完滿，雖然戲院明天就會消失，但是我已經沒有那麼
　　　悲傷了。

葉彤：舊的不去，新的不來

阿揚：歌廳秀回不去了，但它的精神還在。

斗哥：它活潑開放。

葉彤：生動自然。

丁姊：管它低級還是不入流。

阿揚：它代表生命的能量。

斗哥：藝術的種籽。

阿揚：歌廳秀隨時可以捲土重來。

丁姊：只要給我一個帳棚。

吳哥：一支麥克風。

葉彤：幾個觀眾。

阿揚：我有畫面了。

斗哥：我聽到音樂了。

　　音樂起：葉彤和阿揚站在前方主唱，其他三人站在後方合音，高歌一曲略帶西洋風的台灣藍調《絕不開天窗》。同時，合音歌手的舞步也跳出了自己的味道。

男：麥擱怨嘆時機歹歹　甘苦沒人哉

女：別再哭訴行情暴跌　鬱悶難排解

合音：錢歹賺　兒細漢

　　　　咻比嘟比　咻比嘟哇

男：人生海海起起跌跌　沒人算得準

女：運氣有好也有壞　拜拜也求不來

合音：買了一間豪宅　果然好窄呀好窄

　　　　咻比嘟比　咻比嘟哇

男：曾經我迷惘多時　失去鬥志

合音：迷惘迷惘

女：曾經我拒人千里　形影單隻

合音：形影單隻

男：如今我不再惶惑　好好過活

女：如今我打開胸懷　勇敢地愛

合音：歌廳秀掰掰 Let's say goodbye

男女：但是我不能放棄

　　　　只要還有一口氣

　　　　我決心唱到底

合音：唱到底　唱到底

女：在不久以前　我想要離開

合音：離開　離開

男：搭上夜行火車　再無期待

合音：嗚嗚　無期待

男女：不知不覺　卻唱起歌來

　　　　歌廳秀不死　歌廳秀永在

　　　　苦中作樂　身體擺一擺

　　　　歌廳秀不路死　藍調唱起來

全體：麥閣一 ken 空空 The show must go on

　　　　麥閣一 ko 憨憨 The show must go on

　　　　麥閣一 ken 空空 The show must go on

　　　　麥閣一 ko 憨憨 The show must go on

　　　　The show must go on

　　燈遽暗。

全 劇 終

雨中戲台

Matinee in the Rain

| 主要人物 |

月鳳

志成（中年時期）

志成（少年時期）

烏雲

| 出場角色 |

【第一幕】

戲班　　志成（中年時期）、月鳳（薛丁山）、班主、阿雄、
　　　　志成（童年時期）、阿娟（童年時期）、哭爸姨、
　　　　鳳珠、來不仔
　　　　《薛丁山與樊梨花》—樊梨花、薛兵、樊兵、家僕

賣藥團　月鳳（徐秀娘）、志成（中年時期）、萬事通、孤
　　　　不理桐、村民數人、角頭數人、黑臉警察、白臉警
　　　　察
　　　　《殺子報》—道士那文、官保、金定

70 年代	志成（少年時期）、混混數人、少年隊 2 人
	國四生—簡嘉絲、沈素華、陳志聰、賈賓男、林春桃、林善竹
家 -1	月鳳、志成（少年時期）、志成（中年時期）、錄音師
廣播歌仔戲	月鳳、錄音師、旁白、戲班演員數人、志成（中年時期）
	《雷峰塔》—白素貞、法海、許大姐、小青、天兵天將、蝦兵蟹將

【第二幕】

飛賊黑鷹	月鳳（黑鷹）、劉長壽、麗香、舞群、家丁首領、家丁群、戲迷 3 人
家 -2	月鳳、志成（青年時期）、阿娟（青年時期）、志成（中年時期）
麻雀晃頭仔	月鳳、晃頭仔、一筒麻雀、二至七筒麻雀 6 人、樊梨花
烏雲	月鳳、烏雲、兵眾數人、志成（少年時期）
劇團	志成（中年時期）、月鳳（老年時期）、劇團團員數人、阿良、志成（少年時期）

第 一 幕

落雨聲，幕起。中年志成左手撐傘，在舞台上踽踽獨行，站定。
雨停。

鑼鼓進。

兵眾：（OS）殺！

兩軍上場拄陣對戰。薛丁山、樊梨花出場亮相。

薛丁山：來者何人？
樊梨花：樊氏梨花。你咧？
薛丁山：薛丁山！

雙方對戰，邊打邊唱。
中年志成於薛、丁對戰時，離場。

【都馬調】
樊梨花：（唱）真命天子小英豪。
薛丁山：（唱）月宮嫦娥下天曹。
樊梨花：（唱）眉清眼秀生得好。
薛丁山：（唱）家妻不如此番婆。
樊梨花：（唱）銀河鵲橋渡成雙。
薛丁山：（唱）伊秋波流轉多留情。
樊梨花：（唱）共結連理肯毋肯？

薛丁山：（唱）漢賊豈可訂婚盟。
　　　　（白）不知羞恥，待我擒拿！

　　兩人對打，明顯是樊梨花武藝較高，丁山因之落敗，樊梨花卻也不殺，反擒薛丁山在懷。

薛丁山：可惡！
樊梨花：丁山，你從也是毋從？
薛丁山：哼！除非我上不頂天，下不立地，才會娶妳。
樊梨花：簡單。呔，看一法！

　　薛丁山飛到半空，樊梨花嬌笑。薛丁山落地，被押下。
　　「百家春」音樂出。
　　外台戲棚布景降下，班主帶家僕換上一桌二椅。
　　兩家僕留場上，分立兩邊。

　　阿雄帶小志成、小阿娟上場。兩個小孩由大人飾演，且演出時不用童言童語。
　　中年志成尾隨他們上場。
　　阿雄三人下場。中年志成看著戲台。

　　樊梨花進戲台。兩家僕暗指樊梨花，竊笑，下場。

【都馬調】
樊梨花：（唱）獨自新房花床坐，等無丁山伊一個，
　　　　　　　終身相託成嘉禮，效力唐營兩合齊。

薛丁山（月鳳）上。班主隨後上，取茶給月鳳喝，兩人互動親暱。
班主下。

薛丁山：（房外唱）自從盤古分天地，哪有堂堂男兒不如妻。
　　　　　　　　　被吊半空又掃落馬，自尊破碎頭犁犁。

阿雄帶小志成、小阿娟再上場，尋路狀。
中年志成看著阿雄三人，與他們錯身經過。而後尾隨他們下場。
薛丁山巡視新房，見旁有兵書，心生一計。

薛丁山：有囉！（唱）
　　　　喜燭借光心安住，假做用功讀兵書，
　　　　橫直伊說姻緣由天賜，激氣共伊冷淡毋驚伊來睪。

兩人換位，背對觀眾坐。
班主上場。他來回走動看顧。
後台戲棚場景上。前台的聲音轉弱，成為背景，最後無聲。

幾個演員：哭爸姨、來不仔、鳳珠坐在後台，正在做手工，賺取外快。

落雨聲。

班主：哪會熊熊在落雨……

看到後台演員只顧低頭做手工，不悅。

班主：準備上台啦！我就跟恁講不要在這做手工，恁就偏偏要提來這
　　　做。

哭爸姨：放心啦，阮有在注意啦。

班主：注意？上次恁就是在趕貨，做到沒暝沒日沒注意，才會袂記得
　　　上台，戲險險打拍。

來不仔：嘿，上次哪會使講是阮的不對？那是阿鳳姐忽然間跳一大段，
　　　　阮才會袂赴。

班主：就是她這幾日常常這樣，才會講恁就要準備隨時出去救。

哭爸姨：救啥啦？外頭在落雨，看戲的攏走到剩沒幾個，連賣醃腸的
　　　　攏不願來，是要救給誰看？

班主：老爺公在看。

鳳珠：老爺公會諒解的啦。錢歹趁、囝細漢，厝內那個膨肚短命每日
　　　在浪流連，我做一些手工來貼補，也是沒辦法的代誌。

哭爸姨：閣再講咱哪一次戲沒法度搬落去？不管誰按怎跳，看欲跳前
　　　　跳後還是跳針，這戲也攏搬會煞。

　　這時，阿雄提著西瓜，帶著小志成、小阿娟上，走進後台。小志
成撐著一把傘，與小阿娟兩人就依偎在傘底下。

鳳珠：講到那個死人骨頭……（邊講邊走，回頭，指到阿雄）

　　班主走向阿雄。

班主：阿雄，恁怎麼來了？

阿雄：我帶囝仔來看阿鳳。提西瓜來予她。

班主：西瓜台北少缺，你還從高雄抱來到這。

阿雄：高雄的較甜。

班主：阿鳳現在在沒閒，要不然你回去旅社等。

阿雄：免啦。

班主：好。沒，隨在你。

　　兩位演員準備出台。

阿雄：等一下看到恁母仔，要佮講恁很想她，要她轉來高雄，知否？

　　小孩不答。

阿雄：幹你娘！知否啦！

小孩們：知。

阿雄：最好是她散戲就跟咱們坐火車轉去。

　　月鳳（薛丁山裝扮）從右側上，走進後台，對著正要出台的兩位演員：哭爸姨、來不仔說話。

月鳳：較注意點，台頂在漏雨。

哭爸姨：哭爸喔！那不就濕漉漉？

　　兩位演員下場。班主向月鳳示意，月鳳看到阿雄他們，馬上假裝沒看到。阿雄趨前。

阿雄：阿鳳。

月鳳忙自己的，把他當空氣。

阿雄：阿鳳，我帶囝仔來看妳……（指西瓜）西瓜妳上愛呷的……
　　　　不會叫媽媽喔？
孩子們：媽。

月鳳直直從父子面前走過，下場。

阿雄：幹，駛恁娘！妳是啞巴膩？（轉頭罵孩子）我剛才按怎跟恁講
　　　　的？
班主：好了啦，阿雄，不要在這大小聲。你出來偌久？
阿雄：個多月。恁這有欠人沒？
班主：時機遮歹，家己攏飼不飽了。你看（示意團員得兼差趁所
　　　　費）……閣再講，你佮阿鳳一見面就冤，逐次這樣冤家量債，
　　　　我會予恁冤到散班去。

月鳳再上場。阿雄趨前。

阿雄：阿鳳，阿鳳……妳也給我應一下。

月鳳火大，想要回到台上，卻被阿雄抓住衣尾。

月鳳：放手啦！
阿雄：聽我講！
月鳳：無啥物好講！

兩人掙扎拉扯。

月鳳：你到底欲按怎？

阿雄：一家伙仔要團圓。

月鳳：不可能。你想到死！呷較歹咧！

阿雄：妳不跟我回去，我逐天來給妳亂喔。

班主：你較站節喔！

月鳳：偕你回去，誰要趁錢？你喔？

阿雄：要趁錢高雄全款會當趁。

月鳳：去趁啊！我就是欲離婚！

　　哭爸姨、來不仔上場。

哭爸姨：（看熱鬧）冤家喔？後台比前台精彩！

班主：緊出台啦！時間給拖一下。

哭爸姨：哭爸，換咱來跳針。

　　兩人下。

阿雄：離婚是沒可能的代誌。我可以咒誼，妳若是偕我回去，我一定
　　　　會洗跤洗手，重新做人。

月鳳：你到現在還沒明白，我看到你心內只有恨。我甘願死也袂佮你
　　　　作伙過日。

阿雄：妳當作妳做小生蓋囂張膩，蓋熗 (tshìng) 膩，恁爸看妳按呢足
　　　　想欲給妳揍落。

月鳳：好啊你揍啊。

阿雄：幹！恁爸好聲好說跟妳講妳不聽膩。

月鳳：好膽你揍看覓啊！

　　阿雄搧月鳳巴掌。中年志成上場，遠遠看著後台。

　　月鳳不示弱，兩人打起來，班主夾在中間勸架。同時，哭爸姨、來不仔上場。

哭爸姨：哭爸喔，後台遮大聲，戲欲按怎搬？

班主：緊出台啦！

　　兩位演員踩腳下。阿雄和月鳳邊打邊罵。

阿雄：講，妳是不是佇外頭給我討客兄？

月鳳：恁祖媽客兄多敢若山，隨便一個攏較贏你這個懶屍的毋成郎，死沒人哭。

阿雄：我打予妳死！

　　阿雄將月鳳一拳打倒。眾人拉開兩人。小阿娟大哭。小志成從後抱住阿雄。

小志成、小阿娟：爸、媽，莫閣打了！

　　阿雄掙開，小志成跌坐在地。

阿雄：敢講妳這個做媽媽的連囝仔也不要了？

月鳳站起來，衝到離孩子們兩三公尺前，對他們咆哮。

月鳳：哭啥！恁兩個無父無母無人愛的，怎不緊去死死！

月鳳講完這句話後，全員停格。
落雨聲。音樂上。
中年志成獨白，眾人以慢速的方式動作，宛如回憶裡的幽靈。小志成起身牽起小阿娟離開後台。

中年志成：阮老母叫阮去死死了後，小妹就一直哭一直哭，我顛倒一滴眼屎也沒流。聽到他們兩個在後台冤家相嚷的聲音，我把小妹手牽著離開戲台，叩叩行，叩叩行，黑暗中毋知影要行去佗位。雨越落越大，我那淋雨那在想，沒規氣像阮老母講的，大家攏去死死好了，世界嘛較安靜。

鳳珠：（走向小志成和阿娟，將他們帶回後台）暗眠摸，恁是欲走去佗啦？

中年志成：若不是戲班阿姨佮阮帶轉去，我毋知影會行到何時，會行去佗位。

阿雄：幹你娘咧！

月鳳：我幹你祖公外媽⋯⋯

鳳珠：（拉住月鳳）好啊啦，莫閣冤啊啦！

阿雄欲向前衝被班主擋下。月鳳被鳳珠帶走，下場。

中年志成：我老母五歲的時，就予賣去戲班，十五歲就予養母強逼她

嫁予一個大她十三歲的鱸鰻，就是我老爸阿雄。

阿雄：（對孩子）看戲啊！還不走膩？

阿雄帶著孩子們下場。班主從另一邊離開。

中年志成：我那個浮浪貢老爸，坐枷敢若在走灶腳，還閣有浪縫和阮老母結婚。他們的洞房花燭夜，一個是硬欲愛，一個硬死無愛，若照我老母的講法，根本就是撕破一件三角褲的故事。我在想，原來我就是彼種乎人用強的才生出來的囝仔，一個沒人愛，癩哥（thái-ko）又閣佔位的垃圾。1962年，阮老母的養爸佮戲班收起來，規家伙的生活攏靠她一個查某人拚死拚活在維持。她四界去做戲，有機會就去做：五子哭墓、孝女白琴。聽阮阿母講，有當時連賣藥仔團也做……

場景在中年志成身後轉換。賣藥團的布景和一小攤子。前方散置數張觀眾席的椅子。

賣藥師和其徒弟準備招攬生意。村民圍坐觀賞。另一名村民隨後走進來加入。

中年志成走進賣藥團的觀眾席坐下。

以下對話，徒弟隨時敲邊鑼，加強講話的效果。

師：鑼給敲落！（徒弟敲鑼）來來來。

徒：來來來。

師：看看看。

徒：看看看。

師：緊來緊看，慢來看一半。

徒：沒來你就沒得看。（徒弟敲鑼）

師：小弟名叫萬事通。

徒：萬事通。

師：邊仔這個是我的徒弟，叫做孤不理堌。

徒：孤不理堌。

師：我萬事通千里求師，萬里求藝，是西螺阿善師第三十五代傳人。

徒：傳人的傳人。

師：孤不理堌是沒爸沒母的孤兒。

徒：孤兒的孤兒。

師：今日阮師徒來到貴寶地，不是欲賣膏藥。

徒：不是賣膏藥。

師：也不是欲展功夫。

徒：不是展功夫。

師：是要跟大家介紹一個你生目珠，發目眉，絕對毋捌看過的動物。
（徒弟敲鑼）三腳蟾蜍！

角頭們上場，在村民後方圍觀。村民不安。

師：這三腳蟾蜍，為什麼是三腳蟾蜍咧？

徒：為什麼咧？

師：因為牠減一隻腳。

徒：喔！

角頭：啥小啦！

角頭大搖大擺越過觀眾席，下場。

師：就是按呢才會稀奇，煞來閣會咬錢。講到蟾蜍，大家攏知影牠非
　　常之毒。

徒：毒上加毒。

師：講到毒，現在向大家介紹這罐阮劉家祖傳的解毒補藥酒。這罐補
　　藥酒是用七七四十九隻蜈蚣浸出來的，以毒攻毒，看誰較毒，飲
　　了，無代誌就無代誌，有代誌恁家的代誌。

村民：啊？

師：絕對無代誌。而且，隨食隨行去。

村民：啊？（躁動）

師：我是講血路會行氣。好，咱今嘛就來看這隻三腳蟾蜍。想要看否？
　　欲看否？欲看否？人講好酒沉甕底，

徒：好戲留後尾。

師：首先就由頂港有名聲，下港有出名的小生月鳳，率領阮來演出這
　　齣，別人不敢做，干焦阮敢搬的禁戲：通州奇案！

徒：殺子報！

師：音樂仙，請了！

　　師徒下，孝男孝女囡仔上場。

　　《殺子報》演出音樂起，月鳳上場，飾演徐秀娘。徐秀娘把小攤
子當作靈堂，在前哭訴。

【哭墓】

秀娘：我夫，漢昌！（囡仔應：阿爹！）

　　　（唱）千聲萬喚叫夫郎

　　　　　　肝腸寸斷淚汪汪

到底誰人良心喪

害你一命然來亡

（白）漢昌！

那文上場，師徒扮成道士手持法器跟著。

道士：道長來了。

【七巧歌】

那文：（唱）為人引魂有研究

確實誦經是一流

至今還未娶牽手

每到夜半心憂愁

那文唱完走向靈堂。

道士：王夫人，道長來了。

秀娘：道長請了！

那文：王夫人請了！

那文、徐秀娘眼睛對上，都被煞到。

秀娘：（哭）我夫！

那文：王夫人，人死不能復生，妳就要看較開咧。

秀娘：（哭）漢昌！

那文：節哀，節哀！人講菜頭拔起坑猶在，死尪親像割韭菜，一個死

就一個來。若欲討客兄閣會使光明正大，毋免驚說予人知。

秀娘：我夫！

那文：關於王老爺身後法事，做妳放心，我一定會盡心盡力做到功德
　　　圓滿。

秀娘：若是安呢生，一切就有勞道長了。

那文：若是安呢生，妳就莫閣傷心了。

　　　那文伸手輕輕幫徐秀娘拭淚，徐秀娘矜持地避開。

那文：誦經時辰已到，大家準備。

道士：是。

　　　那文移至靈堂案上。

那文：今天是王漢昌先生過身，由未亡人徐秀娘、孝男官保、孝女金
　　　定，為亡者誦經超渡。現在開始——
　　　（白）佛光普照西天路，法輪轉趄會發爐，
　　　　　　放下世間甜佮苦，水中月影毋通撈。
　　　　　　也有檳榔佮長壽，紙糊 Benz 罔來收。
　　　　　　假戲真做有親像，吾見猶憐徐秀娘。

【槳水】
　　　（唱）陰靈聖公我總請，孝子孝眷綴我行
　　　　　　陰陽兩界是真正，放你某去討客兄

　　　那文面向徐秀娘，暗地調情。

那文：孝男把神主牌仔請回去。等會我問恁啥，恁就要講有，安呢知
影否？

有車否？有厝否？囝兒序細有孝順否？（眾應：有喔！）

王夫人，大聲喊恁尪王漢昌的名，囝兒序細恁就哭阿爹。來！

秀娘：漢昌！（囝仔應：阿爹！）我夫！（囝仔應：爹！）

【台南哭】

（唱）你的心肝怎會這麼殘，放我一人在世間，

放阮某囝受苦慘………

秀娘：（唱）我歹命啊我歹命 我無依無偎

那文：（唱）無依無偎來綴我 無依無偎來綴我

秀娘：（唱）師公兄師公兄 我空虛你敢知影

那文：（唱）我知影我知影 這攤做完去旅社

秀娘：我夫！漢昌！今夜沒你的暗暝，我欲安那睏得落眠？

那文：看來今晚我也很難睡了。王夫人，請起。

那文扶徐秀娘，二人眉來眼去，徐秀娘假意哭靈，並有意無意地
拋媚眼。突然傳來警哨聲，演出乍止，觀眾驚慌鳥獸散下場。賣藥團
眾人東藏西躲。

徒：哭夭，警察來啊！

師：死了，咱演這個禁戲，哪是予他們抓到，代誌就大條了。

徒：這廂要按怎？

師：哪有按怎，就是旋，ㄙㄨㄢ旋！大家緊旋喔！

眾演員倉皇搬桌椅離場，月鳳躲在攤子下，但攤子隨被團員搬
走。她被白臉警察發現追逐，狼狽離場。師徒二人被警察逮住。

中年志成跟在月鳳身後，看著月鳳下場。

白臉警察以台語為主。黑臉警察以普通話為主。

黑臉：都別走，都別走。

白臉：又是你們！上一次看恁可憐，才給恁警告而已，現在又來了。

黑臉：報名字報名字！

萬事通：報告大人，小仔叫做萬事通。

黑臉：萬事通？你每天都吃瀉藥是麼？

白臉：你呢？

徒：孤不理塈。

白臉：聽你這名字，應該不是「愛的結晶」。

徒：大人英明，我是「恨的瘡疤」，從小就沒人要。

黑臉：這次又在賣什麼啊？

師：沒啦，阮沒賣藥酒啦。

白臉：什麼藥酒？

師：阮嘛沒做禁戲。

黑臉：什麼禁戲？

師：沒啦……不然你問他。（推給徒弟）

徒：阮只是站在這打納涼。

師：練痟話。

徒：畫虎屎。

師：抾豬屎。

師徒：對啦。

白臉：你們什麼攏沒做？只是站在這講話？

師：對，對。

白臉：那這樣事情就「更大條」啦。

徒：啊！

師：是按怎講？

黑臉：根據戒嚴法第十一條，治安單位可以調查、干涉、限制加禁止任何可能危害到治安的活動。我有權力，把你們全部抓起來！

　　黑臉、白臉把師徒二人抓下場。

中年志成：我小學三年的時，我老爸毋知用什麼方法，竟然把阮媽媽押回來高雄。但是沒多久，她就呷藥仔自殺。天公伯對她沒多好，她對這個世間嘛沒啥想欲留戀，出院了後，她又閣再離家出走。自細漢我就過著沒老爸沒老母在身軀邊的日子。1972 年，我讀到國中，逐天佇外頭佮人迌迌，冤家相打。

　　音樂【阿哥哥】起，進入 70 年代。

　　混混們及一群穿學生制服的太保太妹（志聰、山豬、冰男、春桃）上場，跳起阿哥哥舞。

　　第一段舞結束，少年志成上場，唱太保歌。

少年志成：（唱）杜蘭國中出太保，太妹也不少。

　　　　　　　　太保帶著太妹跑，跑到旅館去睡覺。

　　　　　　　　哎呀呀呀不得了，肚子大起來了。

　　　　　　　　帶到醫院去檢查，生了兩個小太保。

　　舞蹈結束，少年志成與混混小梅相撞，兩邊互嗆。

少年志成：幹！啥小啦！

小梅：沒恁迌迌佗位的啦！

國四生們：（清唱）杜蘭國中出太保，太妹也不少！

少年志成挑釁。小梅揍少年志成一拳。

少年志成：幹恁娘！打！

雙方人馬打了起來。少年隊吹哨出場抓人。眾人四散。

場景轉換，改為 70 年代的場景。音樂進。簡嘉絲騎腳踏車出，素華從另一邊上場。嘉絲停好車，兩人對上眼。

素華、嘉絲：（同時）妳哪會來？

二人：（火花四射）哼！

國四生們穿著同學校的制服，跑進場。

志聰：恁看，是……是素華……

冰男：撿家私！妳哪會來？

嘉絲：我跟厝內講要去上課，後來打公共電話去學校，學阮媽媽的聲音跟教官請假。

山豬：恁爸攏免用騙的，要做啥就做啥。

冰男：懶趴囝仔。

山豬：我讀到國六啊，兩大過兩小過，留校察看再察看，沒人在管我的啦。

素華：我也是。阮爸仔、阮母仔逐天攏沒閒到暗時，哪有氣力給我管。
　　　阮爸的印仔就放在桌頂，什麼週記、假單、成績單，（國語）
　　　都嘛是偶自己給它蹬下去。

志聰：哪有啥？阮老爸的印仔我早就刻好一粒帶在身軀。有一次阮爸
　　　找沒他的印仔，我褲內一拎提出來講，阿爸免驚，我這有一粒。

山豬：大舌閣興喋，恁爸有兩粒啦！

素華：簡嘉絲，妳這台是新的鐵馬？

嘉絲：上新的變速！

冰男：好啊啦，咱緊來去換衫，沒時到去予少年組抓到就費氣了。

　　　喇叭聲。少年志成騎著摩托車上場，一副黑狗兄打扮。眾人看到
他一陣喧譁，簇擁在周圍。少年志成下車，如模特兒般展示他的愛車，
還有喇叭褲。

少年志成：看過來！看過來！

眾人：哇，名流！

山豬：志成，你哪裡偷牽的摩托車？

少年志成：敢逼衰？！歹勢，不是偷牽的，是阮大仔送我的。

嘉絲：趴捏！

少年志成：日本引擎，省油又有力，若欲爬山，油門輕輕給催一下，
　　　　　一聲就到了山頂了。（問素華）素華，我載妳？

春桃：志成，你這是什麼褲，下跤哪會這大？

少年志成：恁爸下跤本來就很大，妳哪會知，妳有看過喔？

春桃：袂見笑，人我是講你的褲跤啦。

少年志成：這是喇叭褲。

山豬：幹，褲跤那麼闊，跤底袂感冒？

少年志成：袂啊，真涼欸，攏袂有香港跤。

志聰：志成，聽說你被退學？

少年志成：幹！是恁爸袂爽讀啦。（志聰爬上摩托車）陳痔瘡，給恁
　　　　　　爸落來。

冰男：是發生什麼代誌？

志聰：我陳志聰啦。

少年志成：我就給老師幹譙啊。

志聰：叨一個？

少年志成：就那個死人面的。

嘉絲：哇，你好勇敢喔！

少年志成：妳知影是誰？（嘉絲搖頭）就我那個英文老師啦，人生得
　　　　　　黑乾瘦，喙角兩邊沒落去，人奧瘩，暗籠閣沒笑面，全班
　　　　　　就給他號作——

少年志成、山豬：棺材板！

少年志成：哪知影有一天一個抓耙仔把這個代誌寫在週記內底。

素華、春桃：啊，為什麼？

嘉絲：哪會按呢？

少年志成：第二天老師來上課，阮看他的面色就知影死了，他看到了。
　　　　　　整個面仔青筍筍，喙角更加沒落去，好親像從棺材裡面走
　　　　　　出來的死人骨頭。

志聰：後來咧？

少年志成：後來，每遍來上課，完全沒在教課。他叫全班立正站好，
　　　　　　每一個人搧嘴皮，慢慢的搧，搧完問每一個「你知道錯了
　　　　　　嗎？」幹恁娘咧！從一號搧到五十號，搧完差不多要下課
　　　　　　了。

素華：那個抓耙仔呢？

少年志成：只有他免站，坐在那看阮予搣。恁爸嘛毋在拍青驚他，等到下課的時陣，阮就會把他帶去便所，換阮排隊給他搣。就這樣過了兩個禮拜，每節課攏全款，後來有一天我實在擋袂牢了，等老師閣欲搣到我這時，我就跟他嗆，講「你閣搣！你叫是做老師就蓋囂張是麼？我幹恁老師咧！」

眾人：結果咧？

少年志成：結果就被退學了。

眾人：喔！

少年志成：恁欲去哪裡？

志聰：阮欲……

嘉絲：阮欲去看電影，欲做伙來否？我予你載。

春桃：啊妳那台變速的呢？

少年志成：（對素華）素華來，我佮妳載。

嘉絲：啊我呢？

少年志成：（對嘉絲）騎妳的鐵馬跟我後面啊。

嘉絲：人家我追不上啦。

　　這時又是警哨聲。少年隊出現，開始抓人。少年志成才想騎上摩托車就被逮著了。

少年隊甲：喔，摩托車。落車落車。幾歲了？行照駕照！

小志成：袂記得帶。

少年隊甲：身分證呢？

小志成：也沒帶。

少年隊甲：也沒帶，梳這什麼頭啊。

少年隊乙：跟人嘞學貓王 hio。（推少年志成）

少年志成：創啥啦！

少年隊甲：抓來派出所！

少年隊乙：走！

少年隊帶著少年志成及眾人，下場。
中年志成上場。

中年志成：有一次，我佮人冤家，閣佮人的手筋剁斷。我老母恐驚我
早晚會和老爸仝款做流氓，就把我帶去台北佮她鬥陣住。
只是我朝起出門欲讀冊，她還在睏，到足暗了，我欲睏了，
她還未轉來，母子見面的時間實在有夠少。

場景轉至月鳳家。月鳳與少年志成坐得很遠。

月鳳：雖然我今嘛比以前較出名，錢也較好趁。但是我佇外頭做戲
足忝欸，你也較拜託欸，別閣佇外頭給我舞豬舞狗……志成，
你有在聽我講話沒？為什麼每次媽媽偕你講話你就頭幹過不睬
我。我佮你帶起來台北是為了你好，別閣跟那些人攪群攪黨。
你現在氣我沒要緊，以後等你大漢了你就知影……（月鳳看
表）害了！我要來去囉，欲狨赴了。

錄音師到家門口接月鳳，與月鳳互動親密地下場。少年志成看在
眼裡，憤憤離場。

中年志成：阮老母查埔人一個換過一個，菸下性命噗，酒拚性命喝。
罕得幾時，她會跟我講一寡她戲班的代誌。我掠準家己沒

在聽，到落尾才發現，其實她講的故事，我一句一句攏有
聽入去，到搭還記得很清楚。她彼當陣當燴，廣播電台也
會請她去唱歌仔戲……

中年志成按下收音機開關，離場。
電台台呼音效進。場景轉換至電台錄音室。

旁白：各位好朋友大家好，歡迎閣轉來阮藍天廣播電台 AM 107.3。
接下來，欲跟大家報告地方的消息。有竹圍的朋友打電話來
講，他家的水牛走沒去啊，水牛對做田的人來講很重要。各位
好朋友，你哪有聽到、有看到，好心點，給牽來派出所，多謝
好朋友的幫忙。接下來是政令宣導……

月鳳和數名戲班演員，擠在小小的錄音室。時間是 1970 年代。
下舞台左側擺了一張長桌，其上放了各式各樣的道具。另有四張
椅子、一根直立式麥克風。
舞台上方懸掛一個計時器，目前指示為 15:00，15 分鐘。
為了排練方便，各演員以在廣播劇中扮演的角色來稱呼。
錄音師上場。

錄音師：人攏到了嗎？
許大姐：閣有一個在便所。
錄音師：我跟恁講，今天是這個節目錄最後一次。
許大姐：哭爸啊，不是二次？我掠準連今天這次，還有一次？
錄音師：本來是這樣沒錯啦，但是電台這邊忽然間收到命令，說從下

禮拜開始，台語的節目要「逐年減少」（普通話），時間要
　　　限制，所以——

許大姐：限制一箍轟啦！

小青：又閣來了！有夠衰！

白素貞：所以咱這個節目就沒了是不是？

錄音師：我也毋知，那是上司的命令。

法海上場，加入眾人。

月鳳：問題是下禮拜才是完結篇，只錄到今天，就還未關雷峰塔——

錄音師：我也沒辦法。

月鳳：這樣對聽眾要按怎交代？

錄音師：沒那麼嚴重啦。（二人親暱互動）

月鳳：哪有不嚴重的。大家聽我講，咱兩台作一台錄。

錄音師：一樣是十五分鐘而已喔。

月鳳：沒問題。大家聽好，現在白素貞生团的站頭免做，今仔日就做
　　　到關雷峰塔。等咧恁看我手勢，這樣就是快一點，這樣就是拖
　　　一下，按呢知否？

錄音師：這樣真的可以嗎？

許大姐：放心啦，交給阮。阮常常在應付這款齣頭的。

錄音師：若沒問題，咱馬上開始。欲套一下否？

月鳳：免套啦，阮攏嘛靠腹內，哪有在套。

錄音師：妳確定？

月鳳：確定。

錄音師：好，我來去準備。

錄音師進音控室。演員們坐正，各個調整姿勢。白素貞整理她的頭髮。

法海： 好了啦，蓋婿啦，這不是電視，聽眾看不到妳。每次欲開始就在整理頭毛。

白素貞： 我哪有。

小青： 人她是整理給錄音師看的。

白素貞： 我哪有啦，妳莫烏白講！

月鳳： 較大端點，咱在這講什麼，老師在那邊攏聽得到。

小青： 嘿咩，他現在就在偷笑。

　　從音控室傳來錄音師的聲音：「音樂老師準備。五四三二」

　　十五分鐘計時器啟動，但是忽快忽慢。《雷峰塔》主題曲走，鑼鼓進。

【新編曲調 - 雷峰塔】

白素貞、小青、許大姐：（唱）

　　　　　　　　白邪報恩嫁許仙，法海強斷好姻緣。

　　　　　　　　水淹金山引大戰，雷峰塔難禁情意堅。

許大姐： 走！

【七字調】

　　（唱）滿月禮將金孫賀，升格阿姑笑呵呵。

小青：（唱）傳嗣報恩修成果，不枉姊姊受苦勞。

　　（白）姑奶奶，妳攢這是欲予小少爺的禮物否？

許大姐： 是啦是啦。哎唷，我這個金孫有夠古錐的啦！

蓉蓉做出娃娃聲。

許大姐：（唸）夢蛟好笑神又好模樣。
小青：（唸）目眉像爹、喉像娘。
許大姐：（唸）佳哉阮小弟無去做和尚。
小青：（唸）禿驢若閣來，我毋放伊干休。

月鳳快轉手勢。蓉蓉撞到桌子發出聲音。

蓉蓉：啊！
許大姐：唷～小青，囝仔面頭前毋通弄刀弄劍，會俗伊驚著。

法海捉弄小青，許大姐不悅。法海與小青打鬧下場。
戲班稍歇。旁白補述劇情。

旁白：自從許仙逃出金山寺法海的魔掌，佇斷橋俗白素貞重逢，白素貞產下小麟兒號名許夢蛟，一家人投靠許大姐重新開始，夫妻是糖甘蜜甜，即日小夢蛟滿月，規家伙攏歡頭喜面，大辦滿月酒。

月鳳（許仙）、白素貞就場。
在月鳳與白素貞對唱中，錄音室場景漸退下場。
中年志成上場。天兵天將與魚蝦水族上場。

許仙：素貞，妳看，我為妳挽來這麼多花！
　　　【七字調】

（唱）蛟兒滿月心歡喜，

花芳奶芳滿出圍。

白素貞：（唱）拜託神明鬥保庇。

許仙：（唱）許仙天賜美妻兒。

白素貞：（唱）斷橋咱重逢如夢境，

【七字白】忍受拖磨蛟兒來降生。

許仙：【七字白】破鏡重圓同歡慶，

（唱）許仙不再放素貞。

法海：（o.s）白素貞，妳水淹金山寺，罪犯天條，當禁雷峰塔囚禁
受罰！

許仙：法海，你怎樣……又閣來啊！真是好驚怕！

許仙與白素貞下。

天兵天將、魚蝦水族排陣廝殺。旁白上場。

旁白：人有旦夕禍福，天有不測風雲，當著許仙他發出喉口大願，欲
用性命保護某囡的安全，無情的法海卻是再度來到，欲收白素
貞，這個許仙接載（tsi3-tsat）秫牢，第二次來昏昏死死去，
留下白素貞孤弦獨吹面對法海。

法海、白素貞上場。旁白下場。

法海：大膽！

法海吊鋼絲飛天。白素貞身披水袖，與法海搏鬥。

中年志成：我和我媽媽沒給人拆散，但是母子之間的疏遠，可以講參像大海那樣的闊。我們的故事內底沒一個叫做法海的人物，這攏是她自己的選擇。

　　月鳳、錄音師上場。法海、白素貞繼續互鬥。

月鳳：（甜蜜地倒出飲料）蔘仔茶戲迷送的，趁燒飲！
錄音師：（笑）這下換許仙提仙草救愛人，阿鳳妳有影是現代白素貞。
月鳳：稍等同齊食宵夜啦。
錄音師：好啊。
月鳳：啊這節目，你嘛稍喬一下。
錄音師：也不是不可能……先來呷宵夜，呷完再看欲按怎……啊妳不是欲轉去陪妳後生？
月鳳：後生有啥好陪，陪你較重要。

　　錄音師笑著下場。月鳳準備跟著離去。
　　天兵天將、魚蝦水族漸次下場。法海對白素貞步步進逼。

白素貞：法海，為什麼你就是毋肯放過我？
法海：因為妳自私自利，違背倫理，就是邪惡！

　　雷聲、落雨。
　　月鳳好似被法海的台詞衝擊。愣在原地。

中年志成：我老母的人生嘎那水面上的浮萍，漂流不定；一粒心參像塊埃同款，被風吹得飛來飛去。她每一次的衝動和每一次

的受傷，我這個兒子都看在眼內，也在後面偷偷的為她流目屎。我一直向望有一天，她會回頭，回頭看見我和我妹妹，看見我們想要跟她團圓的心願。

音樂進。母子二人各自唱著自己的心聲。

雷峰塔演員群，緩緩走上場。

月鳳：（唱）女人認命守貞敢是天理？
中年志成：（唱）為囝應該犧牲所有意志
月鳳：（唱）這思想是何時生根難除？
中年志成：（唱）失節無義，
二人：（唱）敢講我是多餘？
眾演員：（唱）滴滴答答，答答滴滴，家庭命數，一筆畫袂圓，
一爿是希望緊離離，一爿是驚惶愛變天，
滴滴答答，答答滴滴，月會圓，人難圓。
月鳳：（唱）錄音會止戲會煞，嫁著歹尪永拖磨。
全體：（合唱）塔內……塔外……攏虛華。

音樂收。演員停格。燈漸暗。

雨繼續下著。

下大幕。

第二幕

閙廳。

報幕人：（OS）今仔日是民國 76 年，田都元帥聖誕千秋，郭月鳳領
　　　　導小春美歌劇團一同演出胡撇仔戲《飛賊黑鷹》。

大幕起。
音樂進，舞群舞動。月鳳飾演黑鷹明義出場，閃亮帥氣。
家丁上場，殺陣，與明義對戰。

【無影飛人】
明義：（唱）薄脆的厝頂瓦片 點跳飛練輕功
　　　　　　烏暗暝靜夜霧罩 鷹眼望穿星空
　　　　　　心愛的人 祝福我的流浪
　　　　　　你的溫度 牽絆不住孤狼

　　　　　　江湖寂寞喧譁 就用笑聲抵抗
　　　　　　寄生伊人心海 來無影去無蹤
　　　　　　有路無厝 是命運在作弄
　　　　　　日昇月落 離合莫怨匆匆

　　　　　　生死關 穿越輪迴波動
　　　　　　行天下 捲起雷霆疾風

在明義與舞群帥氣歌舞之中，戲迷衝進場歡呼，尖叫連連。

明義與舞群下場。

劉長壽追著麗香上場。長壽要非禮麗香。

麗香：稍等一下！你欲做什麼？

長壽：嘿嘿嘿，麗香！做婢女是很辛苦的事情，老爺有另外一個主意，可以讓妳不用做苦工，閣有銀兩通提。

麗香：什麼主意？

長壽：妳生做這呢嬌，只要妳肯給老爺我做第十三房姨太太，妳要多少錢，隨在妳提。

麗香：（吃驚）我不要！

長壽餓虎撲羊地襲向麗香。

麗香：你這個老不羞！

長壽：來來來！先予我親一下！

麗香被逼到死角，被長壽一把抱住。

長壽：我會對妳足溫柔！

麗香：救人喔！

明義登場。戲迷歡呼。

明義：住手！

長壽：啊！你……你是什麼人？

明義：站予載，毋通倒頭栽。江湖人稱飛賊黑鷹！

長壽：（大吃一驚）你……你就是專門跟有錢人作對的大賊股，飛賊
　　　黑鷹？

明義：不錯！劉長壽，你若是乖乖的聽話，俗那個姑娘放離開，我也
　　　會對待你很溫柔；否則，就莫怪我起跤動手，粗魯無禮。

麗香：飛賊黑鷹，緊來俗我解救！

明義：有我在，小姐放心。

長壽：黑鷹你、你真可惡！來人啊！

　　　家丁群應聲而出。

長壽：把這隻黑鷹掠起來烘做鳥仔巴！

　　　明義與家丁群帥氣對戰。同時明義邊打還摟住麗香，放電。麗香
　　小鹿亂撞。眾家丁敗走。

家丁：飛賊黑鷹納命來！

　　　明義開槍，家丁中槍，連續後翻數個筋斗。

家丁：阿娘喂～（邊翻邊喊）哪、會、遮、屬、害！（翻滾下場）

　　　明義摟著麗香帥氣 pose，下場。
　　　戲迷高聲歡呼，衝進場內。

純惠、蓉蓉：月鳳，月鳳，我愛妳！

純惠：月鳳，我有給妳打金牌！

蓉蓉：阿鳳，妳上愛呷的小卷仔米粉！

劉三：阿鳳做戲，真正好看。

純惠：人生得美，閣鰲唱！

蓉蓉：嘿咩！

劉三：可惜。

純惠、蓉蓉：可惜啥？

劉三：恁這些少年仔攏毋知，阿鳳較早做彼正統的古路戲，多好看！今嘛攏做這胡撇仔，竹竿湊菜刀，沒純。

蓉蓉：阿鳳的胡撇仔湊遮好，也是真功夫。

劉三：這款黑白撇的戲就是沒純。

純惠：啊沒你講看看，什麼才有純？

劉三：她的古路仔才是純，才是真功夫！

蓉蓉：戲好看就好，想那麼多。

劉三：我歌仔戲看二、三十年啊，這款胡撇仔戲就是不夠正統！

純惠：對對對，你講的攏對，咱講的攏屎尿。月鳳，我有給妳打金牌！

蓉蓉：妳的小卷仔米粉！

劉三：阿鳳，這是我寫的劇本啦。阿鳳，阿鳳……

眾人追星下。

場景轉換至月鳳家。

阿娟提行李回家，開燈，四處看，家中無人。阿娟放下行李，坐在椅上哭泣。

青年志成提公事包開門進。

青年志成：阿娟，妳哪會走轉來？哪會在哭？

阿娟：哥……媽媽咧？

青年志成：戲做煞不是去飲就是去博，啊沒咧？妳在哭啥？

阿娟：我要搬回來住。

青年志成：為什麼？這樣妳恰文廷欲按怎？

　　月鳳帶著酒意上場，開門進屋。青年志成立刻厭惡轉身，不想看月鳳。

月鳳：什麼代誌？

阿娟：媽……

　　阿娟持續哭。

月鳳：妳哪會在哭？是不是文廷恰妳欺負？若是這樣我去找他算帳。

阿娟：不是啦，媽。

月鳳：還是他外頭有查某？好啊這個死囝仔，結婚還沒半年，他就敢在外口黑白來，恁祖媽絕對袂放他煞！

阿娟：不是啦，媽。

月鳳：不然到底是按怎，妳也趕緊講。

阿娟：他們厝內看袂起我。

月鳳：是按怎看袂起？

阿娟：他們講……媽媽是做戲的，閣講……

月鳳：做戲是按怎？就要予人看袂起膩？他們敢知影我民戲做，電視也做，不恰人偷、不恰人搶，一年趁的就會當買一棟樓仔厝？他們敢知影阮若去公演，佇會場剛落車，戲迷就溢溢偎來，會

用哩講阮是一路予人捧捧擔擔，捧到台仔頂？做戲是按怎？較
沒水準膩？好啊，咱袂會用哩予看袂起！阿娟，妳搬轉來住！

青年志成：袂當安呢啦！

月鳳：是按怎袂當？

青年志成：這樣阿娟佮文廷欲按怎？

月鳳：離婚啊，按怎！

阿娟：文廷什麼代誌攏偎他老母那邊，叫他搬出來也不敢。

月鳳：對，這款軟屎的查埔人，離離欸、切切欸，沒啥好留戀——

青年志成：妳就是按呢！

月鳳：哭夭，你是看到鬼哩？遮大聲創啥？

青年志成：妳是閣飲多少去？妳就是這款歹模樣。

月鳳：我就是按怎歹模樣？

青年志成：你為了家己放挺放囝放家庭，今嘛妳查某囝才結婚沒多久，
妳就在鼓吹她離婚。

月鳳：你在講什麼痟話？

青年志成：妳唱一世人歌仔戲，每天在搬忠孝節義、三從四德！笑死
人！妳怨恨阮老爸做鱸鰻，飲酒博筊簽嗎啡逐項來。妳家
己咧？趁多開多，越賭越大，妳輸多少去啊！

中年志成上場，旁觀。

阿娟：哥……

月鳳：沒要緊，予他講。

青年志成：查埔人一個換過一個。妳還有挺咧！恁敢有離婚？不守婦
道！袂見笑查某！

阿娟：哥！

月鳳：我俗恁兄妹飼到遮大漢，原來你看我遮沒起？

青年志成：妳敢知影我自細漢上痛苦的就是作文叫我寫「我的母親」。
我跟妳講，妳挓還在坐枷，妳若「苦守寒窯十八年」，我
就尊敬妳是阮老母，就算妳路邊做乞丐，我也會跟在妳身
邊！

月鳳：免！你給我死出去！

青年志成：死出去就死出去！這種家庭我沒在稀罕！（往後台下）幹
恁娘雞掰！

月鳳：（對阿娟）攏是妳這個軟者！那麼的沒路用，在外口被人欺負，
不會為自己爭取，只會回來唱哭調！

　　青年志成再上場，肩上多了一只包袱。

青年志成：【風瀟瀟】
（唱）押雞硬孵茹絞絞，心亂行李款一卡，
　　　烏魯木齊在恁去吵，忍無可忍我欲離家。

月鳳：沒啊，你現在是在搬哪一齣啊！

青年志成：【藏調仔】
（唱）別人的媽媽是良母賢妻，
　　　相夫教子妳竟是大難題，
　　　怨嘆做戲予人看無目地，
　　　無想放蕩虛花妳頭一個。

月鳳：你這個死孩子賊！

【藏調仔】
（唱）清清彩彩掉我來比評，
　　　佗佗一個身世有我苦刑，

好命囝有爸母看顧倚並（oa3-phing7），

哪像我受風吹雨打獨飄零。

青年志成：【四空仔】（唱）

自甘墮落藉口歸大篇，糟蹋家己理由會牽絲，

【七字仔後二句】

見講做戲予人看無起，

無想尊重是愛靠妳行為。

音樂突然沉下來。

月鳳：【運河哭】

（唱）原來親囝看我遮無，我犧牲死做也徒勞。

青年志成：【江湖調後二句半講唱漸慢收】

（唱）莫按呢指責好毋好？

（白）愛妳看重家己、

（唱）妳為啥物一直欲逃？

【情海斷腸花】

今來加講已無用，決定出走自療傷，

感心拋棄空思夢想，從此緣斷任妳賭強。

青年志成甩門出，下場。

阿娟和月鳳愣在原地。月鳳一時說不出話，跟蹌走到椅子邊坐下，開始嘔吐。阿娟一旁默默安慰月鳳，月鳳無奈悲傷。

中年志成：我離家出走了後，我老母也續來離家出走。有一暫仔，厝在那，但是沒人住。敢有差？橫直那間厝，早就沒像一個

家庭了。我國中一畢業，就隨走轉去高雄，想欲離開阮老母越遠越好。（場景轉換，月鳳、阿娟隨場景慢慢被推下場）一直到我退伍，在台北呷頭路，才閣再佮她做夥住，那是我佮她住鬥陣上久的一段時間。不過，母仔子猶原罕得見面，她每天在外口做戲，看袂到我。我嘛沒想欲看到她。

快板音樂起，一筒麻雀和晃頭仔上場。
麻雀舞群上，歌舞。

麻雀、晃頭仔：（唱）人生海海 有人暈得東倒西歪
　　　　　　　　　時機歹歹 誰不怨嘆這個世界
　　　　　　　　　做人得要想得開 毋通痛苦吞腹內
　　　　　　　　　不如眼睛閉閉 裝作什麼攏毋知
　　　　　　　　　我看你規日憂頭結面 毋知排解
　　　　　　　　　不如你偕我 做伙偕時間來殺

　　　　　　　　　給我陪你做伴 心情不再亂糟糟
　　　　　　　　　只有煩惱會胡還是不會胡
　　　　　　　　　（唸）中空 站壁 聽雙頭

　　　　　　　　　你胡我來我胡你 自摸三咖攏收錢
　　　　　　　　　給人搶胡上嘔氣上爽就是摸孤支
眾舞群：（合唱）槓頂開花 面清對對
麻雀、晃頭仔：（唱）七橋啊七橋 六連啊六連
眾舞群：（合唱）總來啊總來 緊去啊緊去

月鳳上場，邊喝酒邊走過。

中年志成：我老母雖然在台頂風光，眾人呵咾，眾人愛。落台了後，她上好的朋友，干焦賭博筊佮飲酒，我就想沒，彼當時她明明遮紅、遮燌，為什麼要按呢糟蹋家己？

中年志成下場。
月鳳穿過麻雀舞群。

月鳳：（唱）台頂鏗鏗鏘鏘
　　　　　　到底是做戲悾還是看戲憨
　　　　　　精彩表演觀眾看到爽
　　　　　　目尾若掞去 戲迷就發狂
　　　　　　台腳的運命怎會這麼冤枉
　　　　　　為著生活四處走闖
　　　　　　嫁著歹尪才放蕩
　　　　　　予囝看衰 我乾脆死路旁

麻雀舞群下，獨留晃頭仔、一筒麻雀。

月鳳：我五歲賣予戲班的養爸養母，學做囝仔生，常常予人打。因為𠢕唱，很多阿叔阿姨攏會塞錢予我。我佮那些錢攏存起來做私咖。九歲時，我偷走轉去厝仔找生爸生母。他們煞驚惹代誌，閣佮我送倒轉去。結果，打一個愈忝。從此，藤條佮我束做一個出名的小生；藤條也佮我所有的希望攏束了了去。

（唱）小生愈成功生命愈破碎
　　　報復我運命愈克虧
志成，我知影你恨我，但是，你是按怎袂體諒我這個老母？
呵…呵呵……（苦笑）我恨鱸鰻貪我生得媌、愛我𠢕唱，我就
是毋願順他……志成，阿母幾落次想欲死，閣死袂去。你敢知
影這種活下來的痛苦？

　　麻雀、晃頭仔去拉月鳳。

晃頭仔：哎唷，大仔，飲下去飲下去，心肝頭若結歸球，就要一醉解
　　　　千愁。
麻雀：是呀，該賭臭就賭臭，不通逐次想欲到，相公——
月鳳：你叫我賭博又叫我相公，是欲給我帶衰是麼？
麻雀：歹勢啦，我不是那個意思。
晃頭仔：就是嘛！人家阮大仔——
月鳳：別叫我大仔。
麻雀：月鳳……
月鳳：也別叫我月鳳！
麻雀：那是妳的本名呢！
月鳳：本名？本名有啥路用？

　　音樂進。樊梨花上場。

月鳳：（唸）人的名 人的命
　　　　名字運命難明白
　　　　是先有命來才有名

抑是名字決定人的命

攏講名如其人 人如其名

名字親像人的神魂

更主宰咱的命運

若是這樣

（唱）小生就是我的名

小生更是我的命

麻雀、晃頭仔下場。

月鳳：人講鰲搬戲是老爺賞飯呷，對我來講較像是咒讖——

（唱）我甘願不會搬也唱不來

哪知我是小生的人才

小生是我的命一生難改

也變作我的名響亮悲哀

樊梨花快步下場。

閃電、雷聲。鑼鼓進。烏雲上場，亮相。落雨。

【倍思頭】

烏雲：（唱）晴天霹靂落大雨

【四空反】

（唱）好景不常變天黑

無風起浪好事誤

看來好像全無譜

不管幸福或是呷苦

月鳳睡倒在地。
烏雲揮手，閃電、雷聲。雨收。

烏雲：雷聲這麼大還睡得著？（走近月鳳）月鳳，為什麼妳不肯放過
　　　妳家己呢？
月鳳：（起身）為什麼我不肯放過我家己？
烏雲：俺，命運使者烏雲是也！
月鳳：命運？恁祖媽沒在信祢這套！
烏雲：啊呀呀，眾烏雲！

　　兵眾上場。

兵眾：在！
烏雲：掠起來！

　　兵眾上前圍住月鳳。月鳳上前欲打退兵眾，烏雲出馬。兩人勢均
力敵，僵持著。

烏雲：別再執迷不悟。
【可憐青春】
兵眾：（合唱）命運設計費疑猜
　　　　　　　回頭是岸無罣礙
　　　　　　　為了自由妳走避
　　　　　　　放枉放囝太不該

月鳳：（唱）我自有主張免多講

　　　　　早就不指望別人的原諒

　　　　　自甘墮落迷失方向

　　　　　家庭給我的只是受傷

烏雲：好，若按呢，就予妳看清楚，種什麼因，就會得什麼果，咄！

　　　閃電、雷聲大做，兵眾隊形四散。

　　　少年志成上場，被兵眾團團包圍。

少年志成：阿母。

月鳳：你？志成？

少年志成：阿母，敢講妳不要我？

烏雲：你老母早就佮你放捨囉！

月鳳：志成，你聽我解釋……

少年志成：（唱）無依無偎一孩兒

　　　　　　　毋知命運是什麼

　　　　　　　放我一人做你去

　　　　　　　阿母啊 妳為何閃避為何驚疑

月鳳：志成，阿母不是不要你，只是……

　　　（唱）心頭有一些恨

　　　　　　袂當吐要硬吞

　　　　　　不甘願認分

　　　　　　若投降 我家己還有什麼剩

少年志成：既然如此，阿母，妳做妳走，以後也莫閣回來啊。

月鳳：但是——

少年志成：莫閣講了。妳不要我，我也不要妳。

月鳳：我不是不要你，只是——

少年志成：只是只是，每次攏是一些藉口。我不要閣看到妳。我討厭
　　　　　歌仔戲！我恨妳！

　　聞此，月鳳崩潰。

烏雲：第一憨就是偕命運拚輸贏。

　　兵眾圍繞月鳳及少年志成，將他們分開，各自戲弄。

烏雲：（唱）命運是一張網
　　　　　　罩到每一個人
　　　　　　準偷走也無塊藏
　　　　　　予伊戲弄心茫茫

　　月鳳奮力反擊，想要擊退兵眾，靠近少年志成，但始終被逼退，
最後被兵眾趕下場。

少年志成：（唱）我的出生
　　　　　　　　是沒人愛的垃圾
　　　　　　　　我的存在
　　　　　　　　是眾人嫌的癩哥（thái-ko）

兵眾：（歡唱）尊嚴自信 土跤眾人踳（thun2）
　　　　　　有量頭家好心提來分

少年志成：（唱）淡薄的關懷
　　　　　　　　還得要偕人乞討

（嘆息，白）親像風中的枝葉

兵眾：（歡唱）葉欲連枝狂風旋旋叫

愛恨交加你搖我也搖

少年志成：（唱）飄來又飄去

無聲無息地墜落

音樂變奏。

少年志成：（唱）夢中媽媽叫我去死，我只是抾度晬的嬰兒，

袂振袂動身受毒箭，好似從此天地烏一邊。

烏雲：（唱）艱苦拖磨 氣魄閣袂穩

感情無底寄 含淚走東西

少年志成：（唱）從今以後 不管怎樣需要愛

我永遠無法閣講出來

烏雲：（唱）乖乖認分緊投降

哪沒到時雙頭空

少年志成：（唱）盼望的母愛已結凍

烏雲：（唱）哇哈哈 哇哈哈 沒指望若暝夢

烏雲作勢，兵眾吞噬少年志成。

月鳳：（OS）給我擋咧！

月鳳手提武士刀，上場。

月鳳：將我的後生放開！

兵眾1：志成，你阿母來找你囉。

兵眾2：志成志成，緊轉去喫奶！

兵眾：（齊聲）志成，你媽咪有夠愛你。

少年志成：我不認識她。

月鳳：志成！

烏雲：好了啦，這位叫做小生的女士，妳佮妳团放捨在前，現在閣硬欲叫他轉去，妳敢袂上矛盾？我警告妳喔，若不緊閃，我就對妳不客氣！

月鳳：志成沒跟我轉去，我不可能離開。

烏雲：這樣，咱就來拚輸贏！

　　月鳳拔武士刀，與兵眾開打，結果月鳳寡不敵眾，受傷倒地。
　　烏雲來到狼狽的月鳳面前，奚落她。

烏雲：妳欲走抑是不走？

月鳳：志成沒跟我轉去，我甘願死。

少年志成：妳走！

烏雲：妳不驚我一刀劈下！

月鳳：（冷笑）哼！隨在祢，恁祖媽沒在驚死啦！

少年志成：妳走啦！

烏雲：好！我就成全妳！

　　烏雲正要下殺手，少年志成衝到月鳳身前。

少年志成：妳緊走啦！

烏雲從後砍向少年志成，月鳳抱住少年志成擋在烏雲面前。少年志成看到烏雲手裡的刀。

少年志成：（暗唱）我何嘗不想佮母親來團圓
　　　　　　　　偏偏心內沒淡薄歡喜
　　　　　　　　假使抾恨是一種病
　　　　　　　　母囝的感情已經沒藥醫
月鳳：（暗唱）希望阮母囝的痛苦
　　　　　　　會當乎時間來修補
　　　　　　　阮尪某之間的怨恨
　　　　　　　不去連累無辜的兒孫

烏雲：哈哈哈，好啦，這攤迌迌夠氣矣，咱就目睭金金看他們母仔子欲安怎團圓。眾烏雲，散。

　　烏雲與兵眾下場。
　　月鳳想靠近少年志成，少年志成閃開，快步跑下場。
　　月鳳落寞，忍住悲傷，慢慢走下場。
　　中年志成上場。

中年志成：阮老母袂輸注定出世來做歌仔戲的，她的人生，也親像一齣予人料想袂到的胡撇仔戲，在裡面，她就是一個予命運戲弄的「小生」。閣較想袂到，後來我也選擇走上戲劇這條路。戲劇改變我的人生和種種的想法，也改變我佮我老母的關係，她的流浪現在煞變做我的流浪……

這時，一班身著戲服的團員們，以及中年志成的兒子阿良，陸續推著布景上場。眾人布置著舞台：有人搬上沙發，有人搬上茶几。視覺上的概念是，家的布置被拼湊起來，隨後卻被拆解。

　　嘉誼抱著寫著「三十年後」的字牌上場。

嘉誼：（對中年志成）導演你看。
中年志成：（指著字牌）妳拿那塊是要做啥？
嘉誼：下半場。代表三十年後。
中年志成：免啦，咱是做現代劇場的，音樂或是燈光稍變一下，大家就知是「三十年後」了。哪需要跟觀眾講。
嘉誼：不然這塊欲按怎？
中年志成：丟掉啊，不然欲按怎？
嘉誼：莫啦，我特別做的呢。
中年志成：不然妳提轉去妳家掛，讓妳每日早上起來，攏看到「三十年後」，妳攏沒變，全款這呢婿。
嘉誼：好啊，按呢會予我凍齡的感覺。
中年志成：凍妳一箍尻川啦！別佮我擋。
嘉誼：歹勢歹勢。

　　嘉誼下，宥綑趨前。

宥綑：導演，這樣可以嗎？
中年志成：那個藤椅拿掉。
宥綑：啊？可是你說要有藤椅跟茶几，這樣看起來才像一個家。
中年志成：可是我是要一個不像家的家啊！

宥綑：你看，你自己寫的，現在又要拿走了嗎？

中年志成：（看宥綑手上的筆記）我看，閣真的有呢。拿掉拿掉。

宥綑：確定？

中年志成：確定。

允中：你上次也說確定。

中年志成：好，這次百分之百確定。

鏵萱：導演，我要尿尿。

中年志成：妳實在慢牛厚屎尿，去啦。

　　　月鳳提著大包小包上。

月鳳：大家呷飯了沒？

團員們：還沒～～媽媽～～

中年志成：大家休息。

阿良：阿嬤！

中年志成：媽，妳來排戲了？哪會提提那麼多？

月鳳：大家排戲排這麼辛苦，敢毋免予大家呷較飽咧！恁堵才在排
　　　啥？

純惠：阮是在排講，要按怎較會「血腥」。

月鳳：那不簡單。媽媽佮恁教，（示範身段）按呢就是叫做「轉身」。

純惠：不是啦，是「血腥」，不是「轉身」啦。

月鳳：對啊，這就是正扮的「轉身」啊。

阿良：阿嬤！是流血流滴的「血腥」啦。

純惠：對啦。

月鳳：哭夭，差這麼多。恁也講清楚，彼毋通講「轉身」，要講「血
　　　腥」（台灣國語）。

眾人大笑。

阿良：阿嬤，妳今仔日閣款這麼多物件來喔？
月鳳：我來看寶貝孫仔，當然要準備一寡好料囉。
蓉蓉：讚讚讚，我上愛呷媽媽煮的！
阿良：阿嬤煮的菜上香上好呷！
月鳳：有影沒影，嘴這麼甜。那是現在恁這群才有法度呷到我煮的，
　　　以前我在做小生的時，攏嘛是戲迷給我攢便便。
眾人：多謝媽媽！
月鳳：來呷飯。
團員們：耶～

　　阿良與團員們歡喜簇擁月鳳下場。
　　中年志成仍在仔細交代宥緗各個要修改的排練細節。

中年志成：要會記得，這支徙去那邊，彼支搬過去。這裡攏要收起來，
　　　　　空台。好了，去呷飯。

　　宥緗邊記筆記邊下場。月鳳帶著食物上場。

月鳳：志成，稍歇一下，先呷啦。
中年志成：媽，多謝哩。

　　二人相對茶几坐著。中年志成仍在專心看自己的筆記。月鳳把碗
推到他面前。

月鳳：趁燒啦。

中年志成：（舉筷）媽，妳家己哪會沒呷？

月鳳：我看你呷就歡喜了。

中年志成埋頭吃。

月鳳：你也呷較慢咧，呷緊歹消化。（志成點頭）你也哺較爛咧。

中年志成：媽，我知啦。我這麼多歲啊，當然知影呷物件要哺較爛。

月鳳：志成……（欲語還休）

中年志成：媽，妳家己一個人遮久啊，敢沒想欲交一個男朋友？老來才有伴。

月鳳：交男朋友？在夯枷？（略頓）志成，我是想說，你現在有一個家己的劇場，也舞得這麼有成就。我的意思是，橫直我戲班也沒做了，常常跟你同齊做戲，我在想……咱規家口哪會無愛來住作伙？

中年志成：這咱不是討論過了。妳叫我做啥攏會當，但是住鬥陣這項代誌……失禮啦，媽……

月鳳：還是說，到今你還在抾恨？

中年志成：媽，我已經沒在怨恨啊。我真需要妳，嘛真愛妳。

月鳳：咱敢袂當，一家伙仔來團圓？

中年志成：咱已經團圓了呢，媽……。劇場就是咱的厝，歌仔戲就是咱的根。而且我家己一個人住劇場慣習了……

月鳳靜默片刻。

月鳳：好啦，好啦。緊呷，等咧咱閣要沒閒。

月鳳又眷戀地不想離開中年志成，又怕吵到他。

月鳳：（唱）本是行在雙叉路，如今母囝做仝途，

錯失的親情勤彌補，愈想欲付出愈感生疏。

中年志成：（唱）受傷的靈魂

敢有什麼藥草倘醫

月鳳：（唱）必巡的傷痕

敢有什麼針線來縫

行到人生的黃昏

中年志成：（唱）還不到人生的黃昏

二人：（唱）不能將一切賴予命運

不能將一切賴予命運

月鳳嘆息。音樂進。

月鳳：（唱）又閣是落雨的戲台，交響出旋律和諧，

加減濕澹也是袂穩，感情的方向自有安排。

月鳳落寞獨坐。

阿良上場，跟月鳳撒嬌。

數名團員上場，準備開演事宜。有人與阿良一起簇擁月鳳下場；有人將布景推下場。最後只留下空蕩的舞台。

中年志成：阮老母在生最後彼幾年，阮兩人常常在舞台頂合作。有時

袴，她是演員；有時是顧問。不過，我還是沒法度佮她住做夥，沒法度佮攬著。一直到有一天，我看到她一張相片，才想起來，我幼嬰仔的時，有一擺，她佮我搦一個嘴皮，看我的眼神，充滿怨恨。想袂到彼個眼神，對我的傷害遮深。當我總算打開這個心結，她已經過身幾落年了。我在想，她若還在，我一定會佮攬牢牢，講：「媽，真多謝，妳辛苦了！」

月鳳、阿良著戲服上場，兩人說說笑笑。中年志成看著他們。

中年志成：阮母仔囝最後一次上台演出，我做導演。戲開演之前，她佮阮囝阿良坐在後台 standby。我站在邊仔，看他們嬤孫仔兩個有講有笑，毋知影在講什麼。戲開演了，煞落著毛毛仔雨，她牽著她孫的手，走入去雨中的戲台。我感覺，那應該是阮媽媽一世人上幸福的時候。她總算有家的歸屬，也享受著偓遮得袂到的，天倫之樂。

中年志成說話間，祖孫二人牽著手走到舞台上方。月鳳站定，亮相。
阿良繼續往前走，少年志成同時上場，與阿良錯身而過。阿良下場。少年志成走到月鳳身邊。
音樂前奏進。

少年志成：（唱）好天落雨有時機，予我陪伴你身邊。
月鳳：（唱）放下一切攬著你，盡享氣味一絲絲。
少年志成：（唱）求愛心思雨綿綿，解恨情境雨淋漓，

中年志成：（唱）上親的人

少年志成：（唱）附身的戲

三人：（唱）烏白撇也有芳微微

　　團員們從四面八方上場。

全體演員：（唱）求愛心思雨綿綿，解恨情境雨淋漓，
　　　　　　　　上親的人，附身的戲，
　　　　　　　　烏白撇也有芳微微。

　　燈漸收。

　　大幕落。

全 劇 終

要當劇作家，還是不當劇作家
——紀蔚然小說中的對話自我和劇場功能

Fang-yu Li（李方瑜）／作
吳政翰／譯

前言

　　紀蔚然是台灣知名劇作家，也是一名專研劇場的大學教授。他自八〇年代起開始創作劇本，幾部重要作品在九〇年代末和兩千年初期陸續出版。劇本《夜夜夜麻》（1997）開始讓他備受矚目，劇情講述四名中年男子時常湊在一起打麻將，以此來宣洩對生活的不滿，表達對現實的幻滅。筆觸充滿譏諷，富有黑色幽默，此類風格可見於紀蔚然的諸多作品之中，為其奠定了諷刺作家（satirist）的地位。身為學者的紀蔚然，有著深厚的學術訓練，檢視起劇場作品，總帶有強烈的批判意識。他對於自身作品價值更是充滿高度自覺性，因此在其作品中，常會看到與劇作家本人相似的角色職業設定，例如電影導演、劇場導演、學者和作家等。透過這些角色，紀蔚然得以針對台灣社會政治局勢脈動和全球化經濟效應底下的文化生產機制（cultural production），表達其關注與看法。在近期出版

的兩部小說《私家偵探》（2011）和《一個兄弟　兩個故事》（2016）中，他進一步地反思劇場的社會功能，並叩問劇作家之於當代社會的意義。《私家偵探》的故事聚焦於主角吳誠，曾是編劇，在大學教戲劇，某天因突然有感於生命的無意義而辭去工作，成為一名私家偵探。他先是破獲了一起跟中央健保局員工有關的弊案，之後又被捲入一樁連續殺人案，被當作嫌犯，而且這些案子就發生在他家附近。最後，清白獲釋，而真正的連續殺人犯蘇宏志，其實是一名精神病患，瘋狂地崇拜吳誠，後來假扮成吳誠，犯下殺人案，其目的是要拯救吳誠的靈魂。

　　在一場簽書活動中，紀蔚然語帶玩笑地說到，當初會寫這本小說是因為自己正歷經中年危機。他描述，寫這故事是為了要找尋自我，同時也是要處理自身從十六歲以來就不斷飽受的存在焦慮。這樣的認同危機也反映在主角吳誠身上，有著被害妄想症、慮病症、強迫症、失眠等多重心理疾病，但這些病症並非與生俱來，而是在他十九歲時才一併出現。他回想起，某天晚上突然驚醒，接著發現自己「換了一雙眼睛」，使得他能夠「穿透表象……看到事物的核心；……既看到人的外在，亦看見他們內心」。這對新的「私眼」，如吳誠所言，讓世界「傾斜失衡」，迫使他看到了多重「真理」，令他不斷質疑自己的信念，對抗自己的理智。吳誠洞悉真實的視角，呼應了查理斯・納特（Charles Knight）在《諷刺的文學》（*The Literature of Satire*）一書中所提出的「諷刺的心境」（satiric frame of mind）；在這樣的狀態裡，人會呈現出一種「扭曲的狀態，接受醒悟的發生，同時又對該醒悟進行批判」。如此思維的運作，不僅在小說角色身上可見一斑，亦展現於劇作家本人的譏諷；吳誠

透過挖苦和嘲諷來批判劇中諸多社會現象，紀蔚然藉由語言和文類的戲弄來揭露台灣的社會亂象。

　　整部小說充滿了吳誠深具諷刺的世界觀，顯示出某種紀蔚然試圖檢視的「自我」，亦即，身為諷刺作家的自我。在一次訪談中，紀蔚然談到，寫完《瘋狂年代》（2008）之後，他開始懷疑書寫諷刺劇的意義，因為所有充斥於他作品中的嬉笑怒罵，現在看來都太「耽溺」和「虛無」，無法對社會產生任何實質上的影響力。他甚至坦言，在寫《私家偵探》時，試圖想殺害「人稱幽默的冷伯」。冷伯是紀蔚然在創作圈中為人熟知的化名，因此這番話透露了他欲殺掉自己作家化身的想法，同時也反映出他對自己諷刺劇作家身分感到不滿的心聲。

　　五年過後，紀蔚然創作了他的第二部小說《一個兄弟 兩個故事》，反思他作為一個知識分子的道德責任，以及探索劇本創作的道德蘊義。小說涵括《一個兄弟》和《莎士比亞打麻將》兩章，第一章是關於主角冷伯和一位愛管別人閒事的神祕男子亂場仔之間的故事，劇情採非線性敘事，由諸多小事件所組成，亂場仔莽撞地闖進種種社會不公的情況，亟欲主持公道，冷伯則協助他收拾殘局。就像《私家偵探》裡吳誠與蘇宏志兩人的關係一樣，亂場仔是冷伯的互補，前者具有強烈的道德責任，積極從事社會參與，後者則對公眾事務始終站在懷疑與批判的角度，兩人互為對比。

　　紀蔚然原本創作《一個兄弟》的初衷，是要藉由兩個角色來描寫台灣社會的兩種「力量」——失敗主義和行動主義。冷伯代表的是前者，對世界總是憂心忡忡、憤世嫉俗，卻從未付諸行動去改變；亂場仔代表的是後者，對於社會上的不公不義，總是魯莽行事，並

未考量後果。雖然亂場仔常弄得像在搞破壞，但紀蔚然對這角色仍抱持著正面的態度，因為這樣的人對於道德正義那種單純而充滿熱忱的奉獻，展現了台灣人善良的一面，這正是某種「台灣精神」的象徵。不過，亂場仔那些想法過於天真的行動，可能會導致無法預期，甚或傷及自己和他人的後果。這表示，要在理性思考和社會參與之間找到平衡並不容易：前者對於社會事件提供了深度且複雜的觀點，卻顯得抽象且疏離，而後者付諸社會實踐，但不僅有可能無法有系統地改變社會，甚至還可能對社會造成危害。

在《莎士比亞打麻將》中，紀蔚然藉由反思編劇藝術的社會意義，試圖在這兩個極端之間找到自己的定位。全劇聚焦於冷伯和四位劇作家及其筆下的四位角色之間的互動——莎士比亞和《哈姆雷特》（*Hamlet*）的哈姆雷特、契訶夫和《海鷗》（*The Seagull*）的妮娜、易卜生和《娃娃之家》（*A Doll's House*）的娜拉、貝克特和《等待果陀》（*Waiting for Godot*）的幸運。這些角色在台北市遊走時，進入了一連串有關自我認同、作者主體及編劇藝術之於當代台灣意義的對話。透過編玩多種書寫風格，紀蔚然玩出了「劇本寫作」英譯字 playwriting 的真諦和樂趣。他運用潮語和扭轉字義來挪揄當代台灣過度簡化和過於隨便的語言表現，並以麻將為比喻，彰顯出編劇藝術是一門兼具社會關注和大眾娛樂，且帶有風險的學問。他亦大玩文類，混合小說敘事和電影語法，且不時穿插大量對話。如此手法，不禁令人好奇，劇本多產的紀蔚然為何選擇以小說作為檢視自我、評判自我的敘事類型。戲劇，不僅必須透過展演來體現，也是一種社會參與的形式；與之相較，小說，在敘事上具有更大的開放性，亦可著重心理分析，讓一場內在對話得以成形。透

過如是書寫，紀蔚然創造了多重「自我」，並讓這些自我彼此互動、競逐且相互交涉。在下方的論述中，我將檢視紀蔚然是如何在《私家偵探》和《一個兄弟 兩個故事》建構一個「對話自我」（dialogical self），用以自省他的劇作家身分，並反思劇場在這新世代的功能。

對話自我及作為劇作家的難題

赫曼（Hubert J. M. Hermans）、肯朋（Harry J. G. Kempen）和范倫（Rens J. P. Van Loon）等學者們，提出了自我（self）具有對話本質的論點。赫曼的對話自我理論，是受到美國心理學家詹姆斯（William James）關於自我的觀點和俄國文學理論家巴赫汀的多聲複調所啟發。詹姆斯指出，自我可區分為「主體我」（I）和「客體我」（Me）。「主體我」即為「認知者的自我」（self-as-knower），具有三項特徵：連續、獨特、意志。「客體我」就是「被認知的自我」（self-as-known），由多項屬於個人自身的經驗特質所組成。巴赫汀將複調小說的概念發展成理論，並以杜斯妥也夫斯基的作品為例，指出其小說並不只有單一作者發聲，而是有好幾位作者或好幾種思考同時並存，各自獨立且承載著不同的世界觀，進而創造出一個充滿多重意識和多樣世界的交流場域，而非只是圍限於單一作者個人意識中的多位角色及多種命運。赫曼援引詹姆斯和巴赫汀的理論，把自我構想成是一個許多具有自主運作能力的「自我立場」（I-positions）能同時並存對話的動態場域。「主體我」在諸多差異甚至互斥的立場之間擺盪，且能夠賦予各立場不同聲音，進而建

立起多種對話關係，就像是一個故事裡有著許多充滿互動的角色那樣。這些不同聲音的角色，彼此交流各自「客體我」的立場，漸漸共織出一個複雜多層、建構完整的自我。

在《私家偵探》和《一個兄弟　兩個故事》（編按：所收兩部作品以舞台劇推出，但以小說形式出版）兩部作品中，紀蔚然皆創造了一個虛構空間，從多位不同角色在此空間裡不斷流動的動態關係中，去尋找自我的定位。在《私家偵探》中，紀蔚然將其分身吳誠與兩位嫌犯林先生和蘇宏志並置一起，呈現出「作為好人的自我」和「作為壞人的自我」之間的張力消長。這個想法是源自於紀蔚然時常聽到其他人說，紀蔚然「其實是個好人」。這讓他不禁深加思考這裡所謂「其實」的意思，透露出別人看他表面上像是個壞人，但又知道他行事是出於善意。他表示，創作《私家偵探》事實上就是想知道「他這個人到底壞在哪裡」，所以他採用了偵探小說的形式，來呈現一樁由「好人」吳誠尋找「壞人」林先生和蘇宏志的偵查案件——前者表現了他劇作中常探討的自我耽溺那一面，後者表現了他諷刺書寫中的憤世嫉俗那一面，而這一面很有可能會對他人造成危害。

在《一個兄弟　兩個故事》中，紀蔚然把焦點從深掘自我黑暗面，轉至探尋如何在社會上重新定位自己劇作家身分的方法。在第一篇作品中，他把冷伯和亂場仔兜在一起，呈現出「思考的自我」和「行動的自我」之間的抗衡。本篇小說的引言摘自《福祿雙霸天》（*The Blues Brothers*，1980），便是要暗示讀者們，冷伯和亂場仔兩人的旅程可視作一趟道德救贖的過程，令人聯想到《私家偵探》裡紀蔚然的化身吳誠會成為私家偵探的理由，乃是出於為過往荒誕

行徑而產生的贖「罪」心態。亂場仔種種直接的社會干預行為，迫使冷伯去思考，究竟該怎麼重新看待自己作為一個只會批評卻從未行動的懷疑論者之定位，而亂場仔的擾動力量也讓人特別注意到了缺乏理性、一味衝動的危險。就此點來看，冷伯和亂場仔互為極端，各有缺點，但對於社會發展來說，同等重要，一如紀蔚然在劇中所埋下的象徵，讓這兩人同時蹲坐在一座小廟門口，宛若兩頭石獅子，守護著廟宇。在第二篇的作品中，紀蔚然把冷伯和幾位歷史上著名的劇作家及虛構的經典角色並置一起，創造了一個對話自我的空間。他將這些劇作家抽離自原本個別所處的時代，再置入當代台灣的語境中，試圖以不同角度來探照社會真實，並透過揣想這些劇作大師的反應，來重構台北的樣貌。他亦藉此提出有關身分認同和主體意識的叩問，將虛構的角色放入現實世界中，讓這些人得以脫離原作者們的牽制，進而重新拓尋主體和定義自我。

如上所示，這些小說闡明了紀蔚然是如何透過對話自我的書寫，深入檢視、重新評價、重新建構自己作為劇作家的身分。這個自我，並非是一個以吳誠或冷伯所呈現出的單一連貫自我，而是一如《私家偵探》裡，是一個始終存在於問題意識中的主體，或如《一個兄弟 兩個故事》裡，是一道不斷處於形構中的課題，當今台灣劇作家和劇場工作者所面臨的種種困境都跟這樣的課題有著密不可分的關係。因此，我們該以什麼角度來看待紀蔚然的劇作家身分？而他在小說裡又反映出了哪些困境？在下方論述中，我將先爬梳紀蔚然劇作中的風格和主題，檢視其劇作家的定位，接著再進一步地深入剖析，紀蔚然是如何在這兩部小說中反思自己過去的風格，並重新探究劇本創作及自我身為劇作家的社會意義。

劇作家紀蔚然

自大學期間，紀蔚然就展露了編劇方面的天分，多次在學校刊物上發表劇本，有的還成為班上的畢業公演。一九九七年，紀蔚然和一群劇場專家創立了「創作社劇團」，該團製作了紀蔚然大部分的作品，而這些作品中，不少已可見其獨特的創作風格，及其對台灣社會深具批判的觀察。

紀蔚然的劇作最引人入勝之處，乃在於他以多語言（multilingual）和跨語際（interlingual）的策略所創造出來的幽默。例如，《夜夜夜麻》一開場，從商的 Peter 就調侃詩人，稱之為「輸人」。如此戲謔的手法也常用來調侃說台語的人，因為「輸人」是台語腔過重的人普遍會有的口誤。這種帶有腔調的中文，常被稱作「台灣國語」，原本帶有貶義，近來轉而成為台灣本土化的象徵。此外，紀蔚然的語言遊戲也延伸到了英語。當 Peter 嘲笑詩人，說他 alcoholic（中譯：酒鬼），詩人反嗆 Peter 是 fuckoholic，暗諷對方淫亂的生活方式。髒話更是充斥於紀蔚然的諸多劇本，就某方面而言，髒話以喜劇的方式呈現，形成了角色與觀眾之間的連結，因為某些咒罵的字眼時常可在私人場域裡的熟人之間聽見，帶出些許親切感。就另一方面來看，髒話也顯露了每一位角色壓抑於心中的憤怒，而這些憤怒大多是來自於他們對現實的不滿和困挫。

這種困挫感是紀蔚然劇本中不斷出現的主題。例如，《夜夜夜麻》全劇就發生在單一密閉的空間——一個擺設簡單的客廳。在這場域裡，隨著角色之間的對話指涉出流行音樂、藝文人物、商業

口號、俚語黑話等各種不同特定時代的文化產物，時間也同步被延展了。這些豐富的互文效果（intertextuality），不僅帶出了劇中四位角色複雜的文化背景，也顯露了他們的社經地位。例如，山豬評述，六七〇年代姚蘇蓉的金曲〈今天不回家〉和九〇年代范曉萱的流行歌〈健康歌〉一樣爛，而齊柏林飛船（Led Zeppelin）和平克・佛洛伊德（Pink Floyd）的音樂，從他大學時期以來一直都是最棒的經典。此番評論，不僅散發出了某種生活永遠被框限在過去的困挫感，也確立了山豬所成長的世代，約莫為七〇年代交界。處於同世代的紀蔚然，深刻捕捉了該世代的掙扎，他們曾歷經台灣在八〇和九〇年代的諸多變遷，見證台灣充滿經濟奇蹟和度過政治轉型的時期。在其他劇本中，也有受過高等教育的中產階級角色，紀蔚然同樣點出了這群人的內心掙扎，揭露他們為了服膺資本主義而折衷理想所衍生的罪惡感，並且表達了他們在這股新的社會政治氛圍底下，所產生關於國族／文化認同的種種困惑。

除了刻畫這些高教中產階級人士的內心掙扎之外，紀蔚然亦對台灣社會和文化現況有所批判。在《烏托邦 Ltd.》（2001）中，他打造了一個「烏托邦」廣告公司，裡面的員工為了決定公司的未來，相互廝殺搏鬥。這些員工表面上幽默調侃，實際上暗潮洶湧，呈現出他們彼此之間對於國族、家庭、身分認同和藝術價值的衝突觀點。這間公司就像是台灣社會的縮影，每個人看似認同彼此，實則在一些關乎國家認同或普世價值等根本議題上缺乏共識。

紀蔚然也將批判的焦點延伸至媒體，如其作品《瘋狂年代》所示。劇情講述一個收入慘淡的小劇團所面臨的兩難困境：是要走向迎眾媚俗之流，確保財務穩定，還是要堅守藝術理想，大冒倒團風

險。整場下來，紀蔚然不但大大嘲弄了電視節目的低劣，包括新聞、談話性節目、電視劇等，也揶揄了政治人物的在媒體面前「搏」取觀眾目光的表演行徑，最後以該劇團排了一齣鬧劇《檳榔西施頌》作結，藉此戲謔「台灣精神」。這齣鬧劇中，充斥著檳榔西施的風騷歌舞和男性買客的粗鄙語言，在在彰顯了所謂的「台灣精神」就是「俗爛」。於此，我們不僅可見紀蔚然針對一般大眾渴望腥羶色的批判，同時也覺察到他對於新世代下日漸頹敗的文化生產機制感到憂慮。

紀蔚然的劇作結尾大多呈現出未來一片晦暗的景象。《夜夜夜麻》的尾聲，是四個男人在破曉時分仍然繼續打著麻將，象徵了逃避和困局的延續。《烏托邦 Ltd.》的最後，由於員工彼此之間衝突無法解決，導致烏托邦公司被迫收場。《瘋狂年代》以一齣喜鬧音樂劇作結，嘲弄當今文化生產機制的俗豔和膚淺。這些結局，一方面隱現了劇作家本人強烈的憤世嫉俗態度，但另一方面，又試圖促使觀眾思考，帶出某種對於改變社會的冀望。在一則有關近作《拉提琴》（2012）的訪談中，紀蔚然對於知識分子在改變社會方面行動力有限一事，表達了他的關切。他問到：「台灣『只能想，不能做』的知識分子，到底能擁有什麼影響力？」這道關於知識分子之社會作用的大哉問，紀蔚然試圖在《私家偵探》和《一個兄弟　兩個故事》中找尋解答，藉此反思當今社會裡的劇場功能，以及身為劇作家的意義。

以《私家偵探》觀照自我、透視台灣

　　作為紀蔚然的第一部小說，《私家偵探》可說是相當成功，不僅榮獲諸多圖書相關獎項，還簽約授權翻譯成多國語言。此作帶有懸疑和神祕色彩，某種程度上可視為一部偵探推理小說，但書中許多篇幅皆在挖掘偵探本人的存在危機，以及診斷台灣社會的癥候，使作品在分類上難以明確界定。因此，此作有時被認為是一部偽自傳小說，而這兩種類型的混合也產生了加乘效果。一方面，敘事中的「推理」手法讓紀蔚然得以藉由邏輯論證和批判思維來剖析自我。另一方面，神祕和懸疑等偵探小說的特點，使紀蔚然能夠將一個相對嚴肅的主題，以較為大眾娛樂的文學類型來包裝，藉此來吸引更多讀者。

　　當市場經濟成為塑形人們藝術感知的主要力量，市場接受度便是作家或藝術家所面臨的一大挑戰。過去數十年以來，文創產業的發展成了藝術商品化潮流的最佳佐證，不禁令人質疑，當金錢收益成了藝術創作的主要誘因，是否會有損其美學價值。關於文創產業對表演藝術發展可能帶來的潛在衝擊，周慧玲教授在一篇文章中，透過對一齣在北京的觀光劇場表演《功夫傳奇》的觀察，表達了她對此議題的看法。她指出，這樣的演出之所以能在市場上獲得成功，是因為迎合了外國觀眾渴望在中國武術上看到奇觀的胃口。她並不認為此作值得效法，反而透露了憂慮，表示如此將「文化」商品化的手法，可能會導致文化這種複雜的觀念被過度簡化，並進一步地批判，這種藝術產業化的潮流會衝擊我們的美學感知，也會影

響表演藝術的發展。

紀蔚然的早期劇作中亦可見到相同的見解，如之前段落所提。在八〇年代的小劇場時期，戲劇製作被當作是一種引介實驗形式和批判論述的運動；與之相較，九〇年代的製作，主要受到迅速發展的電影和電視產業所影響，目的在於娛樂大眾。雖然在紀蔚然的劇作結尾中，藝術家最終總是被迫屈服於資本主義的霸權，呈現出對未來感到一片悲觀的景象，但他同樣也對知識分子和藝術家提出疑問：是否已經盡其所能去尋找自己在這新世代的意義和定位了？真的有辦法在藝術和通俗之間做出選擇嗎？或者事實上還是有某種中介地帶存在？

在《私家偵探》中，紀蔚然塑造了一個脫離菁英文化圈、重新融入大眾的自我，來回應這個問題。故事的一開始，吳誠離開了學術象牙塔，期待展開一段新生活：

> 我辭去教職，淡出名存實亡的婚姻，變賣新店公寓，遠離混出名號的戲劇圈，和諸位豬哥軟性絕交（別找我喝酒、別找我打牌），帶著小發財便足以打發的細軟家當，穿過幽冥的辛亥隧道，來至這鳥不拉屎以亂葬崗為幕的臥龍街，成為私家偵探。

吳誠決定切斷所有跟過去有關的連結，這顯示出他對於過去生活方式的某種挫敗感。這段關於他新居的敘述──帶著細軟家當，穿過幽冥的隧道──映照出一段重生的過程，以及他對於將一切重新歸零的渴望。不過，這個他選擇重啟新生活的地方，是一個「鳥不拉屎以亂葬崗為幕」的低度開發地區，不僅增添了幾許詭譎

色彩，也為一段懸而未解的過去埋下了伏筆。這個位於台北市六張犁一帶的亂葬崗，是此作的主要背景，也是過去白色恐怖時期屍體埋葬的地方。某種程度上，死亡所指涉的是過去的結束和新生的開始，而這裡含冤的亡靈和未解的歷史，則是隱隱點出了吳誠那一段宛若幽魂般揮之不去的過往，而且他必須先面對，才有可能真正開始新人生。

那段困擾吳誠已久的過往，其實就是他對自己之前在劇場的工作感到不滿。事實上，真正讓吳誠辭去工作的原因，是他領悟到作為一名劇作家一無是處。在一次失敗的演出之後，吳誠和工作人員在慶功宴中語帶調侃地「慶祝」這齣戲的失敗，此時他冷不防地一股腦兒宣洩出了他對於當今台灣劇場和表演藝術的挫折感：

> 可是我們在騙誰？應該是騙自己，不可能是瞞騙台灣，因為近年票房顯示，台灣早已不在乎我們的存在。台灣早已不要藝術，台灣要的是太陽馬戲團，是《貓》和《歌劇魅影》，是到處在第三世界招搖撞騙的 Robert Fucking Wilson！台灣人要的是虛有其表的絢麗，以及廉價的感動。我講的不單是劇場觀眾，同時也是大部分民眾，政客不就是這樣騙到選票的麼？我想問一個問題，台灣到底還有沒有名副其實的藝術家？還是只剩下專業的騙子？

於此，吳誠哀悼劇場藝術的淪喪，因為大眾品味低落，而且盲目接受從西方輸入的文化產品。然而，他認為會有這樣的結果，大多是藝術家的責任問題，他將這些人比喻為騙取選票的政客，犧牲

自我理想和原則，一味迎合觀眾胃口。跟那些販賣廉價藝術的藝術分子相比，吳誠認為自己和工作人員也責無旁貸，難辭其咎，因為他們以為自己更高尚，但創作卻始終無法獲得關注，更遑論形成任何社會影響力。這樣的自我批判立場，在吳誠批評自己作品時更是明顯：「看看咱們這些年在玩什麼把戲。我們就清高嗎？我們有資格自稱藝術家麼？那些人是專業的騙子，我們卻是喊拳賣膏藥的業餘騙子。」

在上述話語中，吳誠還點出了另一個問題，就是西方經典在台灣劇場發展歷程上占有相當大的主導地位。紀蔚然在其論文〈跨文化之正解與誤讀：台灣劇場改編西方正典之實驗意義〉中探討了當代傳奇劇場製作《等待果陀》（2005）的文化轉譯問題。這齣戲採用了京劇的形式，並借用了佛家用語來轉譯貝克特原作《等待果陀》中的哲學觀。紀蔚然讚許戲中所添加的娛樂元素，變相諷刺地讓演出中的「等待」，變得沒有原著裡所呈現的那麼無聊，但整體基本結構和對話幾乎都跟原著相去不遠。他認為，這種忠於原著的意識，顯示出西方觀點的內化，而這樣的情況早已在台灣劇場界屢見不鮮。他指出，論及西方戲劇時，論述者不論來自學界或業界，常會以一種「局內人」或「過來人」的姿態來發言，彷彿東西方之間的文化差異並不存在。因此，西方原本應是被論述的客體，變成了主體，而台灣原本應是論述主體，卻淪為客體（他者）。對紀蔚然來說，這種不加以批判且一味擁抱西方經典的集體潛意識，顯示出劇場論述在發展過程中缺乏「後殖民式的焦慮」，他認為這樣的情況是非常有爭議的，特別是當台灣主體性正在形塑的過程中。

因此不難想像，紀蔚然欲透過吳誠帶有批判的眼睛來呈現出

「台灣觀點」，而非「西方觀點」。其中一例，便是吳誠批評人們不守交通規則和違反公共安全的散漫態度，形容台北人對交通規則充滿「韌性」，比方說公車停在路邊買檳榔，或腳踏車一邊騎一邊持手機。另外一段，則是吳誠調侃台灣，點出台灣「市容亂、開車亂、走路亂、說話亂、認同亂、思考亂」，以致於難以產出連續殺人犯，因為這種人大部分都出現在人民奉公守法的國家。

吳誠對於台灣的觀察充滿著如此酸言酸語，某種程度上，顯示出他自認比其他人道德高尚。這樣的姿態，在他處理第一起案件時，更是表露無遺。林先生是該案的嫌犯，愛好盆栽，任職於中央健保局稽核處。林太太請吳誠調查她丈夫，因為她注意到女兒不知為何忽然對丈夫充滿敵意。經過調查之後，吳誠發現，林先生和一位負責會計部門的邱小姐聯手勒索台北縣多家小診所，試圖找出該診所財務報表上的造假紀錄，並威脅他們要是不付錢的話，就要把這些詐騙行為公諸於世。林先生的女兒因為不小心看見了林先生和邱小姐在汽車旅館，誤以為兩人有染，於是非常生氣，但女兒不想把這件事告訴母親，因為她對於要向母親解釋為何自己也出現在汽車旅館，感到難以啟齒，而且當時還差一點被強暴。

就一起犯罪案件來說，這案子的結案方式非常特別。吳誠並未把罪犯交付給警方，而是警告他們，用證據來威脅他們改邪歸正。他還找出了試圖性侵林先生女兒的加害人，威脅對方若再繼續的話就要將之告發。吳誠沒有訴諸於法律的審判和刑罰，而是由他自己來決定罪犯的命運，像把自己定位成法官一樣。從他對道德是非和個人救贖的重視，可見他訴求社會正義的方式，充滿著對人性的關懷。不過，紀蔚然也清楚吳誠立場的問題所在，於是創造了蘇宏志

這個反派角色來挑戰他。

　　作為吳誠分身的蘇宏志，雖然在小說中扮演著相當重要的角色，但本質上較為功能性，因為他的背景故事大多限縮在他和吳誠有多相像、他是如何變得對吳誠崇拜至極。例如，蘇宏志自幼便開始尋找生命的意義，並在西洋哲學和佛教之中獲得暫時的心靈滿足，而吳誠亦自幼就深感存在危機，於是大量涉獵佛經，因此兩人的童年經驗相互呼應。蘇宏志後來由於服兵役時的一段創傷經歷而放棄了信仰，這段經歷致使他對人性喪失信心，轉而擁抱虛無，絕然笑看世界。他透過大學時期的女友接觸到了吳誠的劇作，為之迷醉，因為在這些作品的字裡行間，他發覺自己和吳誠在心靈上有著強烈的連結。

　　然而，吳誠卻把蘇宏志的劇本《井中影》批評得體無完膚，成了蘇宏志對吳誠開始由愛生恨的轉捩點。這個劇名的典故取自佛經故事〈井中狗〉，故事講述一隻狗為了攻擊自己在水中的倒影而溺死。吳誠認為這劇本不過是該故事拙劣的後現代詮釋，既抽象又做作，而吳誠的同事則發現蘇宏志的作品簡直是吳誠風格的失敗模仿。吳誠把這劇本當作垃圾丟掉，認為這玩意兒一文不值，充斥太多無趣的象徵把戲，缺乏真實人生意義。吳誠的無情批評讓蘇宏志陷入瘋狂，爾後又導致他犯下殺人案，動機是為了要「教訓」吳誠，因為吳誠有罪。

　　有趣的是，吳誠對蘇宏志作品的批評，正呼應了他對自己作品的批評。倘若蘇宏志的劇本太過抽象、缺乏真實人生意義，那麼吳誠的作品，如同他自己在慶功宴所言，也是缺乏真實人生意義，因為他無法讓一般大眾融入其中。蘇宏志從吳誠身上所看到的虛偽，

點明了吳誠的雙重標準。換言之，當吳誠批評蘇宏志的劇本自命清高、矯揉造作且不切實際，吳誠自己的劇本也同樣地難以跟現實生活有所連結，而且自視甚高，睥睨大眾娛樂。在吳誠同事小張的一段敘述中，指出了蘇宏志是如何分析吳誠，批判他的雙重標準，並點出他的分裂人格和自我掙扎：

> [蘇宏志] 說，外界看到的只是表相，其實有兩個吳誠：一個是真摯善潔、對世界掏心剖肺的「吾誠」，代表我的「吾」，另一個是陰鬱冷感、一味隱藏的「無誠」，代表沒有的「無」。總而言之，[蘇宏志] 說，吳誠看清了塵世，卻看不見自己，他需要被救。

蘇宏志揭露了吳誠自己認知到但仍無法接受的黑暗面，也就是驅動他書寫諷刺戲劇的虛無精神和憤世態度。吳誠問到，此般覺察世界之道是否真能為世上帶來正向的改變，或者只是更加凸顯這世間的一切，不過是一片虛妄。這場殺手和偵探之間的戰役，體現了一場與自我的拉扯，一邊是憤世派的諷刺作家（cynic-satirist），缺乏道德感且笑看世界，另一邊是諷刺派的知識分子（satirist-intellectual），富有強烈道德意識，戲謔中懷有改變世界的希望。在他們最後的對峙中，吳誠反駁了蘇宏志的控訴，指出他自稱能夠看清真相，此舉不僅狂妄自大，而且證明了他的無知，這樣的無知終將引他踏上毀滅之路：「你 [蘇宏志] 聽過一句話嗎？……除了自己的無明外並沒有地獄道。」這句台詞，否決了蘇宏志的立場，讓吳誠贏得這場爭戰，同時也擾亂了蘇宏志的心智，使警方得以趁

虛而入，將之擊斃。我並不把蘇宏志的死亡解讀為吳誠「黑暗面」的抹除，而是將之視為吳誠及其自我黑暗面之間的和解。蘇宏志狂妄地自以為比吳誠更了解吳誠，這點提醒了吳誠自己也是一樣地狂妄，自以為是法官，替別人決定怎樣才是最好的處理方式。這句充滿批判力道的台詞，在紀蔚然的下一部小說《一個兄弟　兩個故事》裡，有更進一步地延伸發展。不過，他並不是要進行關於自己和台灣之間關係的內部診斷，而是改採較為主動的方式，試圖找到如何透過實質社會參與來建立自我和台灣之間連結的方法。

要當劇作家，還是不當劇作家——《一個兄弟　兩個故事》

　　《一個兄弟　兩個故事》涵括兩個故事，皆以冷伯為主角。冷伯是紀蔚然的化名，具有雙重意涵，表示了他的創作風格及為人個性。用華語發音時，是「冷先生」的意思；以閩南語發音時，聽起來則像是「恁爸」（意即：你爸或老子），是一種向他人表達自己的粗鄙用語，可能帶有喜感，也可能帶有挑釁意味。冷伯一詞所承載的雙重意涵十分重要，因為呈現出紀蔚然兩個面向的公眾形象，不僅指涉他「冷冽」的一面，亦即身為學者和作家莊嚴肅穆的那一面，同時也展現了他輕巧幽默的一面，以「冷笑話」及信手捻來的髒話，拉近他和一般大眾之間的距離。

　　在第一篇故事《一個兄弟》裡，我們也看見了兩個面向的紀蔚然。一面是由冷伯所塑造出來的形象，「好發議論，好為人師」，而另一面是以亂場仔來呈現，「很少瑣碎」、「不讀書」且總是「義憤填膺」。冷伯和亂場仔之間的對比，從故事一開始就被勾勒出來。

一位計程車司機在載冷伯回家的路上，不小心撞到了一輛賓士車，冷伯就這樣被間接捲入了這場賓士車駕駛和計程車司機之間的交通事故紛爭。正當兩位駕駛對於賠償金快達成協議時，亂場仔剛好路過，突然插手，介入紛爭，指稱計程車司機答應給的錢不夠付修理賓士車的費用，這段話再度點燃了兩位駕駛之間的戰火，一直到亂場仔和冷伯同意一起分擔費用之後，事情才總算落幕。

有趣的是，冷伯和亂場仔皆是自願涉入這場根本與他們無關的紛爭。雖然兩人的行為都出自於正義，但冷伯和亂場仔對於當下情況的反應卻截然不同，乃因他們對於孰對孰錯抱持著不同看法。對於想法總是單純且直接的亂場仔來說，計程車司機只給三千元，但修補他所造成的毀損需要六千元，這樣是不對的。對思考面向比較廣的冷伯而言，則認為應該要把這兩位司機的社經地位納入考量，三千元對一位計程車司機來說已經算不少，但對一位有賓士車的人來說，可能只是小數目。因此，當亂場仔聽到冷伯的解釋時，亂場仔才驚覺自己犯了錯，於是願意自掏腰包來彌補過失。

亂場仔總是關注一些不公不義的小事，而忽略了結構性的不平等（structural inequality），雖然如此單純的道德觀點有時會惹出麻煩，不過冷伯仍認為亂場仔的行為有其可貴之處，因為他所點出的那些簡單的小道理，看似無足輕重，但若是一再被眾人所忽略，很可能就會演變成大問題。此外，冷伯也欣賞亂場仔擇善固執的個性，甚至是賭上自己性命和名聲也在所不惜。例如，當亂場仔得知攤販小陳要去跟地下錢莊借錢，便試圖跑去阻止他，結果最後被狠狠揍了一頓。還有一次，亂場仔看到了冷伯家社區有違建，便向都發局舉報，害得這裡的房東們被罰款，也害得他自己淪為這社區居

民們人人喊打的過街老鼠。

　　亂場仔就像蘇宏志一樣，其角色定位的象徵意義大於實質。亂場仔這名字表面上的意思，就是「擾亂或打斷一場演出」，通常用來形容一個人插手一件正在發生的事，反而幫了倒忙，結果弄巧成拙。在這篇故事裡，我們看見亂場仔到處管東管西，搞得亂七八糟，但與此同時，正是因為有了他插手，讓一些值得討論的社會議題，產生了對話的機會。事實上，亂場仔的存在，可以被概念化為一種衝勁，一種受到社會正義的理想所驅使的實踐動力。與過度關注於自己個人問題的冷伯相反，亂場仔總在犧牲小我，完成大我，如冷伯所形容，是「無我的存在」。亂場仔的這點個性，給了冷伯一個觀照自身存在意義的新方向，不只是關於身而為人的，也是關於身為劇作家的。

　　在《莎士比亞打麻將》中，冷伯從過去召喚了四個歷史上著名的劇作家——莎士比亞、易卜生、契訶夫和貝克特——來幫他解決寫作瓶頸。作為編劇的冷伯，由於對現實感到挫敗，早已失去創作動力，因此把這幾位大師請來，試圖透過觀察他們對當代台灣的反應來刺激創作靈感。然而，這些劇作家對於當代台灣的評價，並未提供冷伯任何可以透析社會現實的新想法，反而只是重申他們在各自劇作中本來就已確立的觀點。冷伯邀請他們參加一個編劇競賽，以當代台北為背景，看誰能寫出最好的劇本，而他們也根據各自觀點，給了不同回應：

　　　易卜生：即使我們各自的想法和這個時代有極大的鴻溝，卻並
　　　　　　　不表示沒有對話的空間。這個世代還在閱讀我們的

劇本，為何我們不能閱讀這個世代？說真的，當代雖然問題重重，我仍舊強烈的感受到人們改變社會的意志。

契訶夫：我卻感受到強烈的無力感。

莎翁：這就是兩位各自的局限了，有必要非在意志與無力之間二選一不可嗎？我這輩子描寫生存、死亡、命運、榮譽、醜陋、正義、邪惡、愛情、憎恨；人類的七情六欲、美醜善惡，老夫全包了。可是對於人生，我曾揭示明確的立場嗎？

契訶夫：沒錯，你的立場，如同你的身世，是無解的謎團。

貝克特：夠了！……我不參加[編劇競賽]……咱們比別的……打麻將。

這些劇作家於此的回應，反映出他們各自作品中的人生觀。雖然易卜生認知到他自己和當代台北之間存在著文化和歷史的鴻溝，但他仍相信改變社會是有可能的。易卜生這段話的結尾充滿希望，呼應了《娃娃之家》的結局，劇中的娜拉走出家庭生活，向外尋求自主，此行動隱約預示其未來前景一片光明。相反地，契訶夫的這番話對未來充滿悲觀，此乃來自於他作品《海鷗》的結尾，劇中的作家康士坦丁自殺，而演技平庸的妮娜，則仍持續為自己的志業奮鬥著。經典劇作《等待果陀》描繪出生命即荒謬的貝克特，其回應不僅凸顯了整段討論無意義的本質，還將結論導向一個出乎意料之外的結果，提議不寫劇本，改打麻將。與易卜生、契訶夫和貝克特相較，莎士比亞的劇本對生命的關注可說是包羅萬象，難以定論其

觀點。換句話說，莎士比亞之作並不描繪某個特定的時代樣貌，亦無展現某種特定的人生觀，而是開啟了種種關乎人類存在本質、跨越文化和歷史藩籬的普世叩問。

這些劇作家之間的對話，其實也是冷伯和自我的對話，藉此過程反思劇作家之於當代社會的意義。作為紀蔚然化身的冷伯，曾經寫過不少劇本，風格融合契訶夫的悲觀主義及貝克特的荒謬色彩，如同《瘋狂年代》和《烏托邦 Ltd.》所示。不過，這樣的悲觀主義在《私家偵探》裡卻被打上了問號，因此吳誠哀嘆他過去那些作品無法為社會帶來任何正向改變。雖然易卜生的一席話暗示了某種希望，取代了紀蔚然原本的譏諷，但到了最後，莎士比亞才是真正解決冷伯創作謎團的關鍵人物，因為莎劇展現了生命的得失榮枯、悲歡離合，以及人性的美好與醜惡，能夠觸動每一個社會階層的受眾。

四位劇中角色哈姆雷特、娜拉、妮娜和幸運的旅程，同樣也提供了冷伯思考身分認同和主體意識等問題的新路徑。這些角色探索著二十一世紀的現代台北，有人打破了其作者所設定給他們的命運，找到了別種生存之道，也有人持續被困鎖在作者給他們安排的性格裡。例如，哈姆雷特後來決定待在台北教英文，因為他已經疲於思考生死方面的抽象問題，所以現在寧可待在一個「人們只關心錢」的地方務實過活。妮娜也希望可以待在台北，因為她欣賞這裡的主流戲劇風格，「單純」且「直接」，讓她可以「演得來」，而且「不用再為自己平庸的資質感到慚愧」。雖然這些理由顯得有些諷刺，但哈姆雷特和妮娜皆能因此接納自己的悲劇缺陷（tragic flaw），進而重新定義其命運。相反地，娜拉和幸運則都是重蹈他

們在原劇中的覆轍。娜拉對未來一樣猶豫不決，而幸運，原本在貝克特筆下是位奴隸，整齣戲下來還是一樣地安靜聽話。這些關於主體意識和身分認同的觀點，彼此相互衝突，讓紀蔚然有關劇作家自我認同的問題意識，有了辯證和省思的空間。在經過《私家偵探》裡的自我檢視之後，紀蔚然是否能夠走出自我格局，並以不同角度來觀照世界？或者，他仍是以前那個諷刺劇作家，目的一樣是在揭露這世界的種種亂象與謬論？他未來的命運，是否早已受到他以前寫的那些劇本所決定？抑或，身為自己故事的作者，他能否透過寫作來重新定義自我？

　　紀蔚然並未落入改變或不改變的二分窠臼，而是透過冷伯這角色，在小說的最後，以一個全新的觀點來審視自己作為劇作家的身分：

　　歷經這段奇遇，我茅塞頓開，彷彿換了一雙眼睛，跨過一道門檻。我依舊對現狀不滿，但不再輕易抒發怨言；我對這個年代很有意見，但不再嚮往活在另一個時空。各位想必明白，我試圖改變自己。正如娜拉所說，自我最難掌控，因此對於目前的轉變，我並無過多的陶醉；也正如妮娜悟出的道理，平庸不是罪過，少一點掌聲死不了人。然而，我終究不同意哈姆雷特，無論是舊的哈姆雷特，或是迷上金庸的哈姆雷特。就我來看，生存或死亡，從來不是問題，如何過活才是重點。一個人除了呼吸，若還有意識，總該試著活出有限的不朽。我以嶄新的視野看待我的人生與編劇這個行業；然而，真正滲透我心、沁入我骨髓的，卻是莎士比亞這個老狐狸大開大闔的牌技，以及翰

到內褲不留的豪賭。

　　這一段話不僅是整個故事的尾聲，也是紀蔚然整段重構自我過程的總結。若說在《私家偵探》中，紀蔚然透過吳誠這角色，表達了他對於當今台灣社會和文化環境的挫折感，以及他對於自己身為諷刺劇作家的質疑，那麼在《一個兄弟　兩個故事》裡，他則透過冷伯這角色，以一種較為開放的態度來看待自我，不把自我視為一種預先被命定好、單靠內在對話即可覺察的獨立存在，而是一種不斷處於形構中的主體狀態，與外在環境緊密連結，並隨之改變。此外，冷伯也不再把編劇看作是一種用來呈現特定時代議題的手段，而是把編劇從各種社會、文化、政治論述中解放出來，進而探索生命的得失與榮枯、人性的美好與醜惡，以及世界的純粹與複雜。讓冷伯深受啟發並從中獲得醒悟的，不僅是莎士比亞的戲劇，還有莎士比亞的豪賭精神。莎士比亞不打安全牌，只忙著做大牌，即便有輸的風險。雖然最後他輸了，卻仍打得一手好牌，打牌輸贏事小，牌局好壞事大。同樣地，編劇藝術的意義不見得在於票房成績有多好，而是要回到編劇本人如何看待整個寫作過程，值得與否，唯有自知。

　　在紀蔚然的新作《安娜與齊的故事》（2017）中，我們可以看到主題和風格上的轉變，或許正是因為他在創作上找到了新觀點。此劇呈現出一對夫妻之間的微妙關係，兩人在家裡請客當天，隨著焦慮攀升，壓抑已久的情緒終於爆發。紀蔚然之前作品內容多聚焦於失意的藝術家或學者，帶出這些人如何在這市場導向的社會中求得生存；與之相較，此新作旨在探索並叩問一個讓許多人都能有所

連結的普世命題：愛。不過，紀蔚然並未讓劇情落入愛恨糾葛的俗套，而是揭示種種更嚴重的現代問題，亦即焦慮症和憂鬱症，這些許多現代人所共有的病症可能會引發自我感知扭曲，甚或導致個人與他人關係崩毀。除此之外，紀蔚然也在劇中實驗了不同方式的情感表達（例如細微而不過於戲劇化的情緒展現），並嘗試融合各種敘事類型，更試圖以細膩的視覺元素打造出一齣多層次的展演。此劇可說是紀蔚然劇本創作生涯中一個新的里程碑，不僅以一種新的敘事視角來勾勒社會真實，更以一種新的美學風格來貼近觀眾，有別於以往作品。

結語

正如王友輝教授所觀察，紀蔚然之所以會成為一位深具開創性和影響力的當代台灣劇作家，是因為他不斷地進行自我批判且追求自我突破。有趣的是，當紀蔚然以劇本的形式持續展現創作能量的同時，小說才是他真正找到自我內在對話的場域。在《私家偵探》和《一個兄弟 兩個故事》中，紀蔚然嚴謹地檢視自我，重構了一個劇作家的自我形象。這整段過程使得他能夠以批判的視角出發，反思他身為文化菁英的定位及其諷刺戲劇的書寫風格，並重探劇場的社會功能及編劇藝術之於當代社會的意義。在最近的劇本中，紀蔚然似乎已經找到了與過去種種疑慮的共處之道，以一種全新角度來處理社會現實，又不失去他的批判力道。不過，紀蔚然的小說能否走出自我檢視以外的寫作路線，這仍是一道未解的問題，也因此讓我非常期待他的下一部作品。

（原載於：*American Journal of Chinese Studies*, April 2018, Vol. 25, No. 1, pp 15-30）

文學叢書　680

某種認可

作　　　者	紀蔚然
總 編 輯	初安民
責 任 編 輯	陳健瑜
美 術 編 輯	陳淑美
校　　　對	孫家琦　陳健瑜　紀蔚然

發 行 人	張書銘
出　　版	**INK** 印刻文學生活雜誌出版股份有限公司
	新北市中和區建一路249號8樓
	電話：02-22281626
	傳真：02-22281598
	e-mail：ink.book@msa.hinet.net
網　　址	舒讀網www.inksudu.com.tw

法 律 顧 問	巨鼎博達法律事務所
	施竣中律師
總 代 理	成陽出版股份有限公司
	電話：03-3589000（代表號）
	傳真：03-3556521
郵 政 劃 撥	19785090 印刻文學生活雜誌出版股份有限公司
印　　刷	海王印刷事業股份有限公司

港澳總經銷	泛華發行代理有限公司
地　　址	香港新界將軍澳工業邨駿昌街7號2樓
電　　話	852-2798-2220
傳　　真	852-2796-5471
網　　址	www.gccd.com.hk

出 版 日 期	2022年 5 月 初版
ISBN	978-986-387-569-7
定價	360元

本書獲　國家文化藝術基金會　出版補助
財團法人　National Culture and Arts Foundation
NCAF

國家圖書館出版品預行編目(CIP)資料

某種認可／紀蔚然 著.
　--初版. --新北市中和區：INK印刻文學，2022. 05
　面；14.8×21公分. --（文學叢書；680）
　ISBN　978-986-387-569-7（平裝）

863.54　　　　　　　　　　　　　111004736

舒讀網